छोरी कमली

किशोर चौधरी

हिन्द युग्म

ISBN : 978-93-87464-00-1

प्रकाशक :
हिन्द-युग्म
सी-31, सेक्टर-20, नोएडा (उ.प्र.)-201301
मो.- 9873734046, 9968755908

मुद्रक : विकास कम्प्यूटर ऐंड प्रिंटर्स, दिल्ली-100032

आवरण-चित्र : अली अब्बास
कला-निर्देशन : विजेन्द्र एस विज

पहला संस्करण : फ़रवरी 2018
दूसरा संस्करण : मार्च 2020
मूल्य : ₹125

Chhori Kamli
(A collection of short stories by Kishore Choudhary)

Published By
Hind Yugm
C-31, Sector-20, Noida (UP)-201301
Mob : 9873734046, 9968755908
Email : sampadak@hindyugm.com
Website : www.hindyugm.com

First Edition: Feb 2018
Second Edition: Mar 2020
Price : ₹125

छोरी कमली
(कहानी-संग्रह)

पहले 'धूप के आईने में' शीर्षक से प्रकाशित

मानविका, तान्या, दुष्यंत और कबीर के लिए

अलमारी

प्रेम से बढ़कर

इन दिनों उसे जो भी मिलता, प्रेम के बारे में गंभीर प्रश्न करता। जबकि वह कहीं दूर भाग जाने के बारे में सोच रहा होता। उसकी कल्पना की धुंध में गुलदानों से सजी खिड़कियाँ, समंदर के नम किनारे, क़हवा की गंध से भरी दोपहरें और पश्चिम के तंग लिबास में बलखाती हुई लड़कियाँ नहीं होतीं। उसकी कल्पना में एकांत का कोना होता। जिसमें कच्ची फेनी की गंध पसरी रहती।

उस जगह न तो बिछाने के लिए देह गंध की केंचुलियाँ होतीं। न ही ख़्वाबों की उतरनें। न वह साहिब होता, न ग़ुलाम। न वह किसी से मोहब्बत करता और न ही नफ़रत। हालाँकि अब भी एक लड़की के बदन से उठते मादक वर्तुल उसे लुभाते रहते थे।

वह समय के सींखचों से आती हुई रोशनी में गुज़रे हुए दिन देखता था। इन दिनों में अपने हाल के बारे में सोचते हुए उसे यक़ीन होने लगता कि वह कभी प्रेम में था ही नहीं।

वह बीते तमाम सालों में जब कभी दु:ख से घिरता तो बाबा फ़रीद को पढ़ता। जब इच्छाएँ सताने लगतीं तो बुल्लेशाह के बाग़ीचे की छाँव में

जाता। जब मन मीठा उपहास चाहता तो अमीर ख़ुसरो को खोजने लगता। इस तरह कुछ बुनियादी बातें उसके आस-पास अटक जाती कि प्रेम सरल होता है, उसमें गाँठें नहीं होती।

प्रेम एक वन-वे सीढ़ी की तरह होता है।

प्रेम अनहद और अनंत होता है, ऐसा उसने पढ़ा था। वह उस ऊँचाई-गहराई या असीम होने तक नहीं पहुँच पाता। उसे लगता कि वह वहीं पर अटका हुआ है। उसी एक लड़की को छू लेने के निम्नतम विचार पर अटका हुआ।

उसके घर की बालकनी के बाहर एक निर्जीव क़स्बा था। क़स्बा आने वाले किसी धूल भरे बवंडर से घबराया हुआ, दड़बे जैसे घरों में दुबका रहता। दिन के सबसे ख़राब वक़्त यानी ख़ाली-लंबी दोपहर में बेचैनी जागा करती। रास्ते तन्हाइयों से लिपटे हुए और दुकानदार ज़िंदगी से हारे हुए से पड़े रहते। ऐसे में मन को कोई ठौर-ठिकाना सूझता ही नहीं।

उसके घर की दीवार में बने एक आले में कैसेट प्लेयर रखा रहता। उस आले के सामने लगे हुए आईने में ग़ुसलख़ाने का खुला हुआ दरवाज़ा दिखता। ग़ुसलख़ाने में लगी खिड़की के पार बहुत दूर एक लाल और सफ़ेद रंग का टॉवर दिखता। उस टॉवर को देखते हुए ख़याल आता कि रात इस जगह, वह अपने जूड़े की पिन को मिट्टी में रोपकर भूल गई है।

रेत में खड़ी हुई जूड़े की पिन के साथ उन दिनों की यादें चली आतीं। वे यादें बुझने लगतीं तो वह और अधिक उकताने लगता। ख़ुद से सवाल करता- "ऐसा तो नहीं होना चाहिए कि एक लड़की से जुड़ी बातें जब तक साथ दें, तब तक ही मैं सुकून में रहूँ। ऐसा हमारे बीच था ही क्या?"

उसके सवालों को सुनकर घर का कोई कोना बोल पड़ता- "जाने क्या था कि न बचा, न ख़त्म हुआ!"

जो था वह इतना ही याद आता कि दीवारों पर बैठे रहे। पीठ की तरफ़ छाँव बुझती रही। हाथ थामकर उठे। अँगुलियों में अँगुलियाँ डाले सो

गए। घुटने निकली जींस की जगह उसने क्रीम कलर की साड़ी बाँधी और कॉलेज चली गई। वह जींस और सफ़ेद शर्ट पहने हुए बस में चढ़ गया। आस्तीनों के बटन खोले और उनको ऊपर की ओर मोड़ता गया।

* * *

शाम ढल चुकी थी।

लड़का खिड़की के पास की मेज़ पर पाँव रखे हुए बैठा था। तीसरी बार ग्लास को ठीक से रखने की कोशिश में बची हुई शराब काग़ज़ पर फैल गई। उसने गीले काग़ज़ को बलखाई तलवार की तरह हाथ में उठाया और कहा- ''प्रेम-व्रेम कुछ नहीं होता।''

उसने काग़ज़ से उतर रही बूँदों के नीचे अपना मुँह किसी चातक की तरह खोल दिया। वे नाकाफ़ी बूँदें होंठों तक नहीं पहुँचीं, नाक और गालों को छूकर फिसल गईं। कमरे में हल्की रोशनी थी। कमरे के बाहर हल्का अँधेरा था। सब तरफ़ चुप्पी थी। जैसे कमरे के अंदर और बाहर निर्जीव दुनिया बसी हुई थी।

उसने अपनी भौहों पर अँगूठा घुमाते हुए फिर कहना शुरू किया।

''धुंध में डूबे हुए शहरों की चौड़ी सड़कों पर हाथ थामकर चलते हुए लोग प्रेम में नहीं होते। वे अतीत की भूलों को दूर छोड़ आने के लिए अक्सर एक-दूजे का हाथ पकड़े हुए निकला करते हैं। दोपहरों में गरम देशों के लोग बंद दरवाज़ों के पीछे आँगन पर पड़े हुए शाम का इंतज़ार करते हैं। औरतें रोटियाँ बेलते हुए बचपन में पीछे छूट गए पड़ोस के लड़के को याद करती हैं। आदमी शराब पीते समय सर्द दिनों में धूप सेंकती गुलाबी लड़कियों की जुगाली करते हैं। धुंध के पार कुछ ही गरम होंठ होते हैं, जिन पर मौसम की नमी नहीं होती। प्रेम मगर फिर भी कहीं नहीं होता।''

अपने से कही, इस बात के बाद वह उदास हो गया। यह उदासी बहुत पुरानी थी। इसलिए कि ज़िंदगी की सँकरी गलियाँ, नमक के देश में गाए जाने वाले प्रेम भरे बिछोड़ों जैसी थीं। उन बिछोड़ों का आग़ाज़ होता था

मगर अंजाम नहीं दिखाई देता था।

* * *

एक शाम वे दोनों होटल की बालकनी में बैठे थे। लड़के ने लड़की से कहा- ''एक दिन तुम खो जाओगी।''

उसके इतना कहते ही लड़की ने हल्के असमंजस से देखा। मुँह फेरने से पहले चेहरे पर ऐसा भाव बनाया, जिसका आशय था कि तुमसे कोई आशा न थी।

लड़के की नज़र आसमान की ओर थी। जैसे वहाँ से कोई इशारा होगा और वह अपनी बात आगे शुरू करेगा।

शाम बुझ रही थी। पानी में घुले पुराने नमक के रंग में ढली हुई शाम।

लड़के ने कहा- ''मैंने जब तुमको पहली बार देखा तब मैं सिर्फ़ तुम्हारे चेहरे को देख रहा था। तुम्हारा छोटा-सा गोल चेहरा दुनिया के सबसे पवित्र चेहरों में से एक था। मैंने पहले भी कई लड़कियों के चेहरे इतने ही ग़ौर से देखे थे किंतु वे लंबे चेहरे, मुझे अधिकार जताते हुए लगते थे। वे हर बात को पत्थर की लकीर बनाने की ज़िद से भरे होते थे। मैंने उनमें से किसी चेहरे को छुआ नहीं। वे मुझे अपनी ओर आकर्षित करते थे लेकिन जाने क्यों, वे कभी मेरे पास आए ही नहीं।''

उसने बात कहते हुए लड़की की ओर नहीं देखा। लड़की क्या सोच या कर रही थी उसने इसकी परवाह भी नहीं की।

होटल की बालकनी के नीचे सिलसिले से लैंपपोस्ट लगे हुए थे। उनकी रोशनी गोल टुकड़े बुन रही थी। उन लैंपपोस्टों के आस-पास पतंगों की आमद शुरू हो गई थी। क़ुदरत का चित्रकार बालकनी के हर कोने में स्याही उड़ेल रहा था। बालकनी के आँगन पर स्याही के बीच कुछ एक गोल चकत्ते बचे रह गए थे। वे छनकर आती हुई रोशनी की बिंदियाँ थीं। पसरी हुई स्याही जैसा उन दोनों का रिश्ता था। एक-दूजे से दूर रहने का रिश्ता था, जिस पर कभी-कभी ही मुलाक़ातों की बिंदियाँ

बनती थीं।

लड़का थोड़े अंतराल के बाद कहने लगा- ''तुम्हें मालूम है कि हमें कुछ भी मिलता और खोता नहीं है। वह हम ख़ुद रचते हैं। तुम जब मेरे पास नहीं होती ना, तब हर शाम मैं छत पर बैठकर तुम्हारे पास होने के ख़्वाब देखता हूँ। मैं बेहद उदास हो जाता हूँ। मैं तुम्हें छू लेने के लिए तड़पने लगता हूँ। मुझे एक ही डर बार-बार सताता है कि कोई और तुम्हें छू न ले। ये ख़याल आते ही मैं पागल होने लगता हूँ। उस समय तुम्हारे सब परिचित मेरे दुश्मन हो जाते हैं। मैं सोचता हूँ कि तुम उनसे बोल रही हो। तुम्हारा उनसे बोलना या मुस्कुराना, मुझे और अधिक डराता है, फिर मैं रोने लगता हूँ।''

शाम ढल चुकी थी।

जितनी तेज़ी से शाम ढली, उतनी ही तेज़ी से लड़की उदासीन हो गई थी। वह अपनी कुर्सी पर लगभग स्थिर हो चुकी थी। लड़के ने लड़की का हाथ प्यार से थामा। वह नदी के पत्थर-सा चिकना था। किंतु फूल जैसा हल्का न था।

लड़की ने शिकायत की- ''कई बार तुम मेरे पास नहीं होते हो ना, तब मेरी साँसें उखड़ने लगती हैं। मुझे समझ नहीं आता कि क्या करूँ? मैं बदहवास-सी अपने कमरे से बाहर-भीतर होती रहती हूँ। दौड़ती-सी सड़क तक जाती हूँ। दुकानों की रोशनियों से ख़ुद को बहलाना चाहती हूँ। उन दुकानों के आस-पास बेहिसाब लोग, चीज़ें, रोशनियाँ और बहुत कुछ होता है लेकिन तुम नहीं होते तो सब ख़ाली-ख़ाली लगता है। मेरा मन वहाँ भी नहीं लगता तो मैं घबराहट से भरी वापस घर लौट आती हूँ। उसी जगह जहाँ से तुम्हारी याद आने पर भाग गई थी।''

लड़का देख रहा था कि लड़की के चेहरे से सब कुछ मिटता जा रहा है। सुख-दुःख, चिंता-आशा, डर और ख़ुशी के सब रंग धुँधले हो रहे हैं।

लड़की ने कहा- ''फिर देर रात को मैं सोचती हूँ कि तुम्हें हमेशा के लिए छोड़ दूँ ताकि ये दुःख बार-बार लौटकर न आए।''

लड़की की आँखों से आँसू बहने लगे।

* * *

उस रात के बाद वे जब भी मिलते लड़की रात को अपनी संदूक में छिपा देती। चार महीनों में लड़की ने उस संदूक को भी ग़ायब कर दिया। जिसमें वह रात को छुपाती थी। लड़के के पास अगर रात होती तो लड़की नहीं होती। लड़की होती तो रात नहीं होती। लड़के ने रात को काटने के लिए नए औज़ार अपना लिए। वह उन्हीं औज़ारों के साथ जी रहा था।

लड़की ने उससे कहा था- ''ज़िंदगी में एक ही रात थी। जिस रात केवल तुम्हारे सहारे की ज़रूरत थी।''

लड़की की कही यह बात उसके भविष्य पर रखा हुआ, एक ज़िंदा भूतकाल था।

इस बात को याद करते ही उसके गाल पर एक पसीने की लकीर खिंच गई। उसने ग़ुसलख़ाने की खिड़की से देखा। वह लाल-सफ़ेद रंग की पिन किसी ने उखाड़कर अपने जूड़े में लगा ली है। बवंडरों के डर से बंद पड़े रहने वाले घर केंचुओं की तरह धूल में खो गए। दूर तक ज़मीन समतल हो गई। दुकानें, सरकारी दफ़्तर, मुसाफ़िरख़ाने, पुरानी हवेली की टूटी हुई मेहराबें और सब कुछ ग़ायब हो गया।

लड़के ने दीवार के सहारे को हाथ बढ़ाया तो वहाँ दीवार नहीं थी। नीचे देखा तो ग़ुसलख़ाना भी नहीं था। लड़के ने पैर के अँगूठे से धरती को टटोलना चाहा किंतु अँगूठा हवा में लहराकर रह गया। लड़के ने ख़ुद के सीने पर हाथ रखा ताकि महसूस कर सके कि दिल धड़क रहा है या नहीं ? लेकिन वहाँ कुछ नहीं था। उसने माथे का पसीना पोंछना चाहा तो पाया कि सिर भी ग़ायब था। वह लगभग ग़श खाकर गिरने को ही था।

उस वक़्त उसके हाथ में क़लम थी।

इस तरह ग़श खाकर गिरने से पहले लड़के ने क़लम की नोक को टूटने से बचा लिया ताकि दोबारा यह लिख सके कि वास्तव में प्रेम कुछ नहीं होता। सबसे अच्छा होता है तुम्हारे पास सटकर बैठना।

छोरी कमली

साँपों के देवता सिद्ध खेमा बाबा के मंदिर से घंटी बजी तब तक जोगियों का डेरा अपने काम पर लग चुका था। कमली की माँ ने चाय की तसली अपने मर्द के आगे रखते हुए, बेटे को भी आवाज़ लगाई। चाकी के गोल पाट पर सधे हाथों से छैनी की टंकार बंद हुई।

कमली का भाई, दो पत्थरों से बने चूल्हे के पास आ बैठा। विदेशी बबूल की सूखी लकड़ियाँ आधी जलकर चूल्हे से बाहर रह गई थीं। उनको आग के अंदर करने लगा। दिन गरम ही थे मगर सुबह की रेत बहुत ठंडी थी। उसने चाय की कटोरी को हाथ में लिया और जेब पर हाथ रखकर बीड़ी के बंडल की खोज शुरू की।

सुबह में सब कुछ जागा हुआ था सिवा एक उल्टी रखी हुई ओडी के। बाँस जैसी लेकिन पतली टहनियों वाले खींप से बनी हुई ओडी के नीचे सिर्फ़ पीले रंग के चूज़े ही थे। मुर्ग़े बाजरी चुगकर सुस्ताने लगे थे।

गाँव में रहने वाले ये घुमक्कड़ जोगी चाकी के पाट बनाते थे। वे उनको टाँकते और गधों की पीठ पर लादे हुए बेचने के लिए घूमते थे। थोड़े से अनाज और रुपयों के बदले सौदा किया करते। फ़क़ीरी का

जीवन था मगर दिन रोज़ उगता था, पेट भी रोज़ ही भरना पड़ता था।

कमली की माँ ने चिकनी मिट्टी के खिलौने झोली में भरकर बहू की ओर देखा। बहू का रूप सँवारने के लिए टीम-टाम में विश्वास बचा हुआ था। जोगी वंश में जन्मी थी मगर रूप का रोग बाक़ी रह गया था। वह होंठों को रंग कर, भौंहों के बराबर लाल रंग की नेलपॉलिश से छोटी बिंदिया लगाए जा रही थी।

"आज तालर की ढाणी तक जाणा है, जल्दी कर।" कहती हुई कमली की माँ खड़ी हो गई।

कमली की माँ ने अपने कंधे पर झोली टाँग ली थी। इस झोली में नन्हे बच्चों के लिए चिकनी मिट्टी से बने घोड़े और हाथी रखे थे। गाँव में मँगतों को माँगने से ही मिल जाता था मगर कुछ जोगणें मिट्टी के खिलौने बनाया करती थीं। उन पर सफ़ेद धारियाँ होतीं। उनके लाल मुँह होते थे। वे अजब खिलौने थे मगर बच्चों के लिए इससे बड़ा कोई उपहार न था। पाँच कोस जाना और आना रोज़ का काम है। पीले रंग के ओढ़णे-लहंगे और हरी 'कुड़ती-काँचली' पहने सर पर झूला डालकर निकलती। झूले में बच्चा डाले हुए बहू और कंधे पर झोली टाँगे हुए सास।

डेरे से बाहर निकलने से पहले माँ को ख़याल आया। "कमली..." माँ की ऊँची आवाज़ तंबू में खाट पर औंधी लेटी कमली को उठा नहीं सकी। वह रात देर तक जगी बैठी थी, तारों को तकती थी।

"ऐ खेतिया, बोल तेरे बाप को कि तेरे ससुरे भीखनाथ से बात करे। उसके छोरे को बुलाए। कुछ दिन साथ रहकर कमाएगा तो इस कमली से पूछे बिना ही रवाना कर दूँगी।" ये कहती हुई कमली की माँ चल दी।

कल की रात चाँदनी थी। कमली रात भर जागती, रेत के रूप को निहार रही थी। इसी कारण बदन अकड़ गया था। अकड़ ऐसी थी जैसे सैंकड़ों कोड़े खाए बदन में कोई दर्द ठहर गया हो। कमली उठी। उसने एक चूज़ा लिया और अपने बापू के बग़ल में जाकर बैठ गई। कमली चूज़े को देखती थी और उसका बाप नई बन रही ओडी के बीच से अपनी बेटी को।

बाप ने मुस्कुराती आँखों से कमली को देखा।

ओडी बनाने के काम में एक छोटा-सा अंतराल आया और कमली के बाप ने कहा- "तूने देखा है भीखनाथ के छोरे को? तेरे को देखने में पसंद हो तो बुलाऊँ?" कमली ने छोटी बच्ची की तरह अपने बाप को देखा और कहा- "बापू! थे तो माँ की तरह मत बोलो। मैं कहीं नहीं जाऊँगी।"

कमली को कहीं नहीं जाना था। सुबह-सवेरे कही गई ये बात एकदम झूठी थी।

कमली का बाप जो ओडी बना रहा था, उस ओडी के बीच से कमली को एक सूरत दिखती थी। कमली का भाई खेतनाथ, चाकी के जिस पाट को अपनी छेनी से टाँकता था, उसमें कमली को उसी सूरत का नाम सुनाई देता था। हर टंकार के साथ आवाज़ आती। मुंशीड़ा, मुंशीड़ा, हाय! ओ मुंशीड़ा।

2

पाँच साल पहले मुंशीड़ा मांगणियार स्कूल के बरामदे में बैठकर हेड माड़साब को गीत सुनाया करता था।

रेत गरम होकर पाँव जलाने लगती तब जाकर स्कूल लगता था। स्कूल की पहली घंटी बजते ही मास्टर और बच्चे कक्षाओं में चले जाते थे। दस बजे स्कूल शुरू होता था। दोपहर बाद साढ़े चार बजे छुट्टी होती थी। पूरा दिन स्कूल में ही बीत जाता था।

जिस तरफ़ सूरज डूबता था, उधर रेत के ऊँचे धोरे थे। वह स्कूल का पिछवाड़ा था। स्कूल के आगे से एक सड़क शहर को जाती थी। बारह बजे और दोपहर दो बजे बस आती। इनमें से कोई इक्का-दुक्का सवारियाँ उतरती और चढ़ती थीं। मगर उनको स्कूल से कोई मतलब नहीं था। स्कूल के आगे चहल-पहल छुट्टी से आधा घंटा जल्दी भाग जाने वाले तीन मास्टरों से होती थी। वे अगर चार बजे की बस नहीं पकड़ते तो बाद में उनको पाँच किलोमीटर पैदल चलकर टेसण तक जाना होता था।

वहाँ से वे शहर के लिए कोई बस पकड़ पाते थे।

चार बजे की बस के आने से पहले स्कूल के कमरों में बच्चे कभी पढ़ रहे होते और कभी मसख़रियाँ कर रहे होते। हेड माड़साब अपने कमरे के आगे दरवाज़े के पास कुर्सी लगाए बैठे रहते थे। गर्मियों की छुट्टियों के बाद स्कूल खुलता था। उन दिनों बतूलिये उड़ते रहते थे। इन बतूलियों के साथ कभी कोई पॉलीथीन उड़ता और कभी सिर्फ़ धूल ही उड़ती थी। हेड माड़साब का मन होता तो वे उन उड़ते हुए मेणियों का पीछा करते। उनके आँखों से ओझल हो जाने पर हेड माड़साब वापस लौट आते और ख़ुद को अपनी कुर्सी पर बैठा हुआ पाते।

आधा स्कूल होते ही सबको आराम आ जाता। बच्चे हर सुबह गृहकार्य की कॉपी, गणवेश के ढंग और याद करने को दिए सबक से घबराए हुए स्कूल आते थे। आधा स्कूल के बीतते ही इन सब बातों को भूल जाते। मास्टरों को भी लगता कि आज का काम पूरा हो गया है। रिसेस की घंटी बजते ही वे हेड माड़साब के आगे बीमार पत्नी या पड़ोस से भाग गई किसी लड़की के कारण उपजा दुख साझा कर सकते थे। हेड माड़साब ऐसी बातों पर कान नहीं देते थे। उनको ऐसी बातों से कोई ख़ुशी, कोई दुःख नहीं होता था। वे ऐसी बातें को एक कान से सुनकर दूसरे से निकाल दिया करते।

हेड माड़साब गाँव में ही रहते थे। उनको शहर में रहना और अप-डाउन करना पसंद नहीं था। वे स्कूल में दोपहर का इंतज़ार करते थे। दोपहर के अवकाश कालांश में लगता कि आधा दिन पार हो गया है। स्कूल के छूटने के बाद वे किसका इंतज़ार करते थे या रेत के इन धोरों में कहाँ ग़ायब हो जाते थे, ये कोई नहीं जानता था। स्कूल के पुराने और नए मास्टरों को सिर्फ़ इतना मालूम था कि हेड माड़साब को रेगिस्तान के लोकगीतों से ख़ूब प्यार था।

दोपहर की घंटी बजने से पहले राजपुरोहितों का एक लड़का अपने घर जाता था। वह बकरी का दूध लेकर आता। वही स्कूल में चाय बनाया करता था। उसके पिताजी बंबई में रहकर मज़दूरी करते थे। उनकी एक

ही इच्छा थी कि बेटा पढ़-लिख ले ताकि आगे मेहनत का काम न करना पड़े। लेकिन उनका बेटा इस लायक़ नहीं था। यह हेड माड़साब ने बता दिया था। तीन साल पहले जब उस लड़के के पिता स्कूल आए तब गणित वाले माड़साब ने हेड माड़साब से कहा- "साब, सब हाले हैं।" यानी सब चलता है।

उस साल से यह तय हुआ कि इस लड़के को आठवीं पास करा दी जाएगी। सब मास्टर परीक्षा के बाद उसकी एक और कॉपी में परीक्षा लेते थे और वह हर साल अच्छे नंबरों से पास हो जाता था। मास्टर भी ख़ुश थे और वह लड़का भी। दोपहर की घंटी बजती तब तक रसोई वाले झोंपड़े में लड़के के हाथ की चाय तीसरी उकाली ले रही होती। लड़के का कहना था कि चाय में सिर्फ़ तीन ही उबाल आते हैं। उसके बाद चाय अपनी औक़ात में आ जाती है।

इधर चाय बनकर स्टाफ़ के लिए आती और मुंशीड़ा हारमोनियम पर अपनी अंगुलियाँ चलाने लगता। कोई मास्टर बच्चों की हाज़िरी का पुराना हिसाब ठीक कर रहा होता और कोई लिस्टें बना रहा होता मगर चाय पीते हुए हेड माड़साब लोकगीत सुन रहे होते। वे हमेशा एक ही लोकगीत सुना करते थे।

सैणां रा बायरिया, धीमो मधरो बाज...

3

मुंशीड़ा आठवीं कक्षा में पढ़ता था। उम्र और पढ़ाई के हिसाब से उसकी गाड़ी पाँच साल देर से चल रही थी। पढ़ाई के उलट उसके खिले हुए सुरों की हँसी, उम्र के हिसाब से पाँच साल आगे चल रही थी। इतनी कम उम्र में ऐसी गायकी आस-पास कहीं सुनी न गई थी। मुंशीड़ा के सुर धोरों से टकराकर और मनभावन हो जाते थे।

उसको सुनते हुए ऐसा लगता था कि क़ुदरत ने उसके गायन को आशीष दे रखा है।

उन्हीं दिनों कमली कटोरी लेकर स्कूल जाती थी। वह स्कूल में

पढ़ती नहीं थी। स्कूल की रिसेस में तेल में बना हुआ दलिया सब बच्चों को खाने के लिए मिलता था। कमली वही दलिया खाने के लिए स्कूल के आस-पास होती थी। जोगियों ने स्कूल का रास्ता कभी नहीं पकड़ा। मास्टरों ने जोगियों को ख़ूब कहा कि बच्चों को स्कूल भेजो लेकिन वे कभी माने नहीं।

एक माड़साब ने बताया था कि दुनिया में एक बहुत बड़ा देश है। उसके यहाँ इतना गेहूँ होता कि उसे समंदरों में फेंकना पड़ता। अब वो देश इस गेहूँ को ग़रीब देशों के बच्चों के लिए भेज देता है। ये दलिया हर बुधवार को बिल्कुल लापसी जैसा होता कि उस दिन इसमें थोड़ा-सा गुड़ पड़ जाता था। बाक़ी दिनों में मुंशीड़ा गाना गा रहा होता। उसके गाने की मिठास से ही दलिया लापसी बन पाता था। एकदम मीठी गट लापसी।

स्कूल के छूटते ही सब बच्चे अपने-अपने रास्ते के हिसाब से अपने साथियों के साथ घर जाया करते। कमली रिसेस के समय दो बजे के आस-पास आया करती थी और साढ़े चार बजे तक वह स्कूल में ही रुकती थी। कभी ज़्यादा दलिया बच जाता तो वह कमली को दे दिया जाता था। कमली के घरवालों को भी इससे ख़ुशी होती थी। इसलिए वे उसे रोज़ स्कूल जाने देते थे। छुट्टी होते ही मुंशीड़ा और कमली एक ही रास्ते जाते थे। मुंशीड़े को टेसण जाना होता था और उसी रास्ते में कमली का डेरा पड़ता था।

जोगी इसी जगह पर कई सालों से बैठे हुए थे। उनको एक बार कुछ लोगों ने पंचायत से कहकर हटवाना चाहा था मगर जोगियों ने ख़ुद कह दिया था- ''बाप जी! आपरी जमी, आपरा ही म्हे मांगण आला। जद केवो उठ जावाँ।'' शिकायत करने वालों को पंचायत के लोगों ने समझा दिया कि भाई जोगी ख़ुद कोई ज़मीन, कोई हक़ नहीं माँग रहे हैं। वे तो जब कहो तब उठकर जाने को तैयार हैं।

मुंशीड़ा उन दिनों सोचता था कि ये ज़मीन किसी के बाप की थोड़े ही है कि जोगी यहाँ से चले जाएँ। ये ज़मीन तो पंचायत की है। जैसे सबके पट्‌टे बने वैसे ही जोगियों के भी बनने चाहिए। वह नहीं चाहता था कि

जोगी वहाँ से कभी भी जाएँ। उसको जोगियों के जाने से दु:ख होता। ये दु:ख स्कूल से घर जाते समय पहले ख़ुशी की शक्ल में आता था और फिर जोगियों का डेरा आते ही उदासी में बदल जाता।

कमली से बिछड़कर मुंशीड़ा धीमे क़दमों से टेसण की ओर चलता जाता था। उसका मन नहीं होता था कि वह कुछ भी गुनगुनाए। वह चुप चलता था। उसकी गायकी खो जाती थी। वह सुर भूल जाता था। उसे पीछे छूटी हुई कमली की याद भर बाक़ी रहती थी।

4

आठवीं कक्षा की परीक्षा वाले दिनों के बीच वाले एक दिन की बात है। हेड माड़साब को किसी बुलावे पर जाना ज़रूरी हो गया था। वे पैदल ही चल पड़े थे।

एक खेजड़ी के पेड़ के नीचे थोड़ी देर सुस्ताने के लिए बैठने तक वे दो-तीन किलोमीटर पैदल चल चुके थे। दोपहर के दो बजे भी क़ुदरत मेहरबान थी। लू बिल्कुल नहीं थी मगर रेत में गरमी उबस रही थी। खेजड़ी की छाँव में बैठे हुए दूर बिना साफ़ा बाँधे एक आदमी आता हुआ दिखाई दिया। हेड माड़साब ने सोचा कि दूर आ रहे आदमी से आगे का रास्ता पूछ लिया जाए। फिर उनको लगा कि वह जाने कब तक आएगा। उसका इंतज़ार नहीं किया जा सकता था। आगे किलोमीटर भर की दूरी पर हरे पेड़ दिख रहे थे। उनके बीच किसी का घर होने की आशा। आख़िर हेड माड़साब नदी की रेत में उतर गए। नदी को आए कोई पाँच साल हो गए थे। सूखी उड़ती हुई रेत में नदी के बहाव का फैलाव साफ़ दिखता था।

नदी अपने रास्ते के सब सुख-दु:ख बहाकर ले गई थी।

किनारे पर बचे हुए पुराने पेड़ों और झाड़ियों की ओट से हिरणों का एक जोड़ा हेड माड़साब से चौंककर भागा। पेड़ों पर दुबके बैठे हुए पंछी चुप बैठे रहे। धूल बेहद नरम थी। पाँव अंदर की ओर धँसते ही जाते लेकिन आख़िरकार वे उस घर तक पहुँच ही गए। जो घर उनको दूर से दिखा था। उस घर के बाहर एक पानी का कुआँ बना हुआ था। ट्रेक्टर

के पीछे लगी पानी की टंकी को एक आदमी भर रहा था। उसके पास से घूँघट की आड़ में औरत उनकी तरफ़ देख रही थी। अक्षय तृतीया का दिन था। शुभ कार्यों के लिए एक अबूझ सावा।

हेड माड़साब ने कहा- "मैं रास्ता भूल गया हूँ।"

उन दोनों ने पहचान लिया कि ये स्कूल के हेड माड़साब हैं। वे दोनों एक साथ ही बोले कि वे सही रास्ते पर हैं और थोड़ी ही दूर वो घर है, जहाँ उनको जाना है। वे चल पड़े और उनको याद आया कि वे आज रास्ता भूल गए थे या वास्तव में वे बहुत बरस पहले ही रास्ता भूल चुके थे।

हवा के झोंके रेत को उड़ा रहे थे। वे पैदल चल रहे थे। उनको लगा कि मुंशीड़ा उनके पीछे गाता हुआ चला आ रहा है। सैणां रा बायरिया, धीमो मधरो बाज।

उन्होंने मुड़कर देखा। पीछे कोई नहीं था। वे जिस तनहाई से घबराकर इस रेगिस्तान में बीस साल पहले नौकरी करने चले आए थे, वही उनके पीछे-पीछे यहाँ तक चली आई थी।

धूप में बिखरी हुई पानी के हौद की गंध ने उनको जकड़ लिया था। इस निर्जन रेगिस्तान में भी कोई उनको पुकार रहा था। पानी की गंध उनको अपने पास बुला रही थी। वे उस कुएँ के बारे में नहीं सोचना चाहते थे। लेकिन वह कुआँ उनके क़दमों का पीछा कर रहा था।

माड़साब ने न्योते वाले घर के पास पहुँचते ही तय कर लिया था कि वे यहाँ ज़्यादा देर नहीं रुकेंगे। वहाँ एक साथ पाँच-छः बच्चों के विवाह थे। उनको अपना फ़र्ज़ याद आया कि समाज को रास्ता दिखाने वाले शिक्षक का इस तरह के क़ानून विरोधी काम में शामिल होना कोई समझदारी नहीं है। लेकिन सच तो ये था कि वे याद के बवंडर में घिर चुके थे। पानी का कुआँ, घूँघट वाली नौजवान औरत और तनहाई उनको डस रही थी। वे इस सब से बाहर आने के लिए भाग जाना चाहते थे। जैसे वे पहले भी भाग आए थे।

हेड माड़साब सचमुच वहाँ से आधे मन से भोजन करके जल्दी निकल लिए। उन्होंने कहा कि बच्चों की परीक्षाएँ नज़दीक होने के कारण

स्कूल जाना ज़रूरी है। उनका बहाना सब जान गए थे। हेड माड़साब उसी शादी में आए हुए किसी मेहमान की जीप में बैठकर टेसण तक उसके साथ चले आए। टेसण की चाय की दुकान पर बैठे हुए हेड माड़साब असहाय थे।

दुख का जो पौधा आदमी ख़ुद लगाता है, उसकी जड़ कभी नहीं जाती।

हेड माड़साब ने जो पौधा लगाया था। उस पौधे पर कुछ हरे पत्ते खिल आए थे। लोगों की भीड़ से भरे टेसण पर भी उनका अकेलापन कहीं नहीं गया। वे बहुत थक गए थे। उन्होंने तय किया कि घर जाकर आराम करना चाहिए।

वे टेसण से घर की ओर पैदल ही निकल गए। घर आते-आते शाम हो गई थी। टीन चद्दरों वाले कमरे में वे कभी नहीं सोते थे। हमेशा अपनी चारपाई बाहर निकाल लिया करते थे। उस शाम उन्होंने सोचा कि बाहर न बैठ सकेंगे। सामने फैला हुआ सूनापन और ज़्यादा डसेगा। जब वे कमरे में घुसे तो उन्होंने महसूस किया कि अंदर बेहद गरमी है। इसलिए वे हिम्मत करके बाहर आए। आँगन में ही एक दरी बिछाकर दीवार का सहारा लेकर बैठ गए।

रूँख गयो है सूख, झर गया सगला पात
अपणे मन सूँ जाण, म्हारे मन री बात
म्हारा सेणां रा बायरिया, धीमो मधरो बाज

(हरा वृक्ष सूख गया है, इसके सारे पत्ते झड़ गए हैं। मेरे मन की बात को तू अपने ही मन से समझ ले, ओ! मेरे प्रिय को छूकर आई हवा, ज़रा आहिस्ता और नाज़ुकी से बोल।)

हेड माड़साब का मन बरसों के बाद थक गया था। वे देख रहे थे कि बीस साल पहले की शाम थी। वे अपने पिता के घर में सीढ़ियाँ चढ़ते हुए डागले पर जा रहे हैं। सुगणी गा रही थी।

जिस दिस में म्हारा पिव जी बसे,
उण दिस आवे ठंडी टीस, सेणां रा बायरिया।

रात हो आई और छत पर हल्का नरम अँधेरा उतर आया था। पच्चीस साल का नौजवान मास्टर छत की मेड़ी का सहारा लेकर चुप खड़ा हुआ था।

सुगणी आई। वह भी चुप खड़ी रही।

उस वक़्त सुगणी के लिए दुनिया की सबसे प्रिय और ज़रूरी चीज़ थी एक साँस जो कि मास्टर के एक बार मुड़कर देख लेने से ही आती। मास्टर ने मुड़कर नहीं देखा।

"म्हारो कसूर काईं है?"

"थूँ बा फोटो क्यूँ खिचाई?"

"आप इण गैली बात रे कारण म्हारे हूँ नी बोलो।"

"आ गैली बात कोनी?"

"कियाँ गैली कोनी? पड़ोस रे घर में ब्यांव होवे अर बठे आयोड़ी ने कोई माडाणी खांचर सागे ऊभी कर देवे तो आ काईं गुनाह री बात है?"

"गाँव का सब लोग म्हने कैवे के थारली तो बैठे फोटू खींचा आई रे।"

सुगणी की शादी हुए कुछ ही दिन हुए थे। हेड माड़साब तब नए मास्टर लगे ही थे। उन्हीं के गाँव में एक शादी थी। उन्हीं दिनों गाँववालों ने शादियों में फ़ोटो खींचने पर लगी पाबंदी को हटा लिया था। पहले शादियों में फ़ोटो खींचना किसी को मंज़ूर न था। इस शादी में आए फ़ोटो खींचने वाले को देखकर सब ख़ुश थे। फ़ोटो खींचा जा रहा था तब सुगणी को भी किसी रिश्तेदार ने हाथ पकड़कर साथ में खड़ा कर लिया। पूरे घर के लोगों का फ़ोटो था। लेकिन मास्टर को जब यह बात मालूम हुई तो उसे बुरा लगा। इसलिए वे सुगणी से नाराज़ हो गए थे और कुछ दिनों से बोल नहीं रहे थे। सुगणी उनको समझा रही थी कि शादी का घर था। किसी ने हाथ पकड़कर साथ खड़ा कर दिया। फ़ोटो खींच लिया तो क्या ये गुनाह हो गया? मैं अकेली थोड़े ही थी। सब लोग थे।

मास्टर मगर नाराज़ था।

सुगणी की आँखों से आँसू बह निकले मगर मास्टर ने मुड़कर नहीं देखा। वह बेहद रूपवान लड़की थी। उसका चेहरा साफ़ और सुंदर था। ऐसी ही उसकी आत्मा थी। लेकिन मास्टर के हमउम्र बद दिमाग़ दोस्त फ़ोटो वाली बात पर रोज़ छेड़ने लगे थे। वे मास्टर को इस हिसाब से ताना देते थे कि जैसे सुगणी मास्टर की न होकर किसी और की हो गई है।

मास्टर दिन को स्कूल और खेतों में बिताकर हर शाम को घर आता। उन्हीं सीढ़ियों से डागले चढ़कर मेड़ी के पास खड़ा हो जाता था। अँधेरा छत पर उतरता जाता। सुगणी की आवाज़ फिर मास्टर को सुनाई देती।

एक गीली आवाज़ जैसे कोई बरसने से पहले की भरी हुई बादली।

हिरदे घटा काली काली उमठी
नैणा बरस्यों मेह, रे बायरिया।

सुगणी ने कहा- "म्हें काईं करूँ कि थे म्हारो विसवास करो?"

मास्टर ने कुछ नहीं कहा।

सुगणी ने फिर से कहा- "म्हें तला में पड़ जाऊँ तो आपने विसवास हौवे?"

अगले दिन जानवर कुएँ से पानी पीकर लौट आए। दोपहर को सूने पड़े कुएँ से छपाक की एक गहरी आवाज़ आई। दों जनाना पगरखियाँ कुएँ के बाहर ही पड़ी रह गई थीं। आस-पास के तेरह गाँवों में जिसकी सुंदरता का कोई सानी नहीं था, वही पंछी कुएँ के पानी को चूमकर हमेशा के लिए उड़ गया। गाँव उदास हो गया। चूल्हे बुझ गए।

उस दिन के बाद से मास्टर उन सीढ़ियों से चढ़कर कभी डागले नहीं जा सका।

याद के इस कोलाहल में हेड माड़साब का गला सूख गया। बीस बरस उनके सामने ज़िंदा खड़े हुए थे। वे आँगन में बिछी दरी से उठकर जाने कब चारपाई पर लेट गए थे। चारपाई पर पड़े हुए उनको लगा कि शरीर शायद बुख़ार से जल रहा है। वहाँ मुंशीड़ा नहीं था मगर कोई गा रहा था।

ओ मेरे प्रिय को छूकर आई हवा,
ज़रा आहिस्ता आहिस्ता नाज़ुकी से बोल।

5

मुंशीड़ा रतजगों में भजन गाता था। सफ़ेद तेवटा, कसूम्बल कुरता पहनता। गले में लाल रंग का बड़ा रूमाल बाँधता था। दिन की झाँय-झाँय करती लू में अपने कमरे में पड़ा रहता या फिर टेसण पर चाय की दुकानों के आगे हुकुम, खम्मा घणी से अभिवादन करता हुआ झुका रहता। मुंशीड़े के भीतर आदर का एक ख़ानदानी सोता था। जो सदा गीला बहता रहता था। उसकी बातों में मिठास थी। उस लापसी से भी मीठी जो स्कूल में दोपहर के वक़्त खाने को मिला करती थी।

रेगिस्तान में सब ख़ाली लोग थे। कोई काम नहीं। बरसात की मेहरबानी हुई तो साल में तीन महीने की खेती-बाड़ी। बाक़ी नौ महीने ताश-पत्ती, चाय-बीड़ी और अफ़ीम-डोडों में बीतते थे। कुछ लोग इन कामों में रुचि नहीं रखते थे। वे कभी पाबू जी, बिग्गा जी, रामदेव जी, माता राणी और हर खेजड़ी के नीचे विराज रहे देवी-देवताओं के रतजगे करवाते रहते थे। इन रतजगों में मुंशीड़ा की आवाज़ रेत के समंदर पर लहरों की तरह बहती थी।

मुंशीड़े का दिल चाहता था कि कभी वह रात को रेत के धोरे पर बैठे और किसी रूपसी के लिए गाए। सिर्फ़ रूपसी के लिए। वह एक ही थी, जोगण कमली।

उसके संगी-साथी जयपुर, दिल्ली और विदेशों में जाते थे मगर मुंशीड़े का मन नहीं होता था। वह कमली के कारण गाँव में रुका रहता। उसने सुना था कि विदेश जाने का मौक़ा मिले तो काफ़ी पैसा बन जाता है। उसको पैसों की ज़रूरत थी तो वह भी कमली के ही कारण। उसने सोच रखा था कि कभी मौक़ा मिला तो वह ज़रूर जाएगा और सारे पैसे बचा लेगा। जब उन दोनों को पैसों की ज़रूरत होगी तब किसी और के आगे हाथ नहीं फैलाना पड़ेगा।

इसी इंतज़ार में उसका भी वीजा लगा। उसको कलाकारों के साथ पेरिस जाना था। वहाँ उनको बीस दिन रहना था। जाने से पहले वाले दिन वह कमली से मिला। उसने कहा– ''वहाँ जाकर आने से ख़ूब सारे पैसे मिलेंगे। वे हम दोनों के काम आएँगे'' कमली को उन मिलने वाले पैसों से प्रेम न हो सका। वह उदास हो गई।

मुंशीड़े ने कहा– ''हम कलाकारों को कौन रोटी देता है! कौन चाय पिलाता है! सब पैसों की माया है।''

एक नेह भरा स्पर्श था और उसके बाद आगे रेलगाड़ी और फिर हवाई जहाज़।

रेगिस्तान पीछे छूट गया था।

पेरिस के उन कुछ दिनों में उसने गोरी मेमें देखीं। वे वाव–वाव, बूटीफुल–बूटीफुल करती रहती थीं। वे मंच पर भी आती थीं। कलाकारों से हाथ मिलातीं और उनको इस तरह छूती थीं कि कोई भी शरमा जाए। गोरी मेमों के वाव–वाव करने और छूने में भी उसे कुछ ख़ास मज़ा नहीं आता था।

ये भी कोई गाने की जगहें थीं! आवाज़ें दीवारों से टकराकर वापस लौट आती थीं। वहाँ कहीं भी रेत नहीं थी और रेत की वह अल्हड़ जवानी भी नहीं। उसे हर रात के प्रोग्राम के बाद खेमा बाबा का मंदिर याद आता। यह तो एक बहाना भर था। दरअसल याद उसे खेमा बाबा के मंदिर वाले रास्ते के जोगियों के डेरे की आया करती थी।

वो रास्ता याद आता जहाँ आक के पत्ते खड़–बड़ करते हुए उड़ते थे। दिन लाल चिमटे–सा पीठ पर चिपक जाता। छीणों के बने पड़वे की आँच, तपते हुए लोहे के पतरों से जलन सीधे मन तक उतरती थी।

याद का दिन विरह की भट्टी था, रात एक शीतल ओढ़णी थी।

पेरिस में उसको कुछ ख़रीदना था। कमली के लिए। कुछ भी जो उसको ख़ूब पसंद आए। दुनिया का मशहूर शहर और सबसे मशहूर बाज़ार था। वह दिन को पक्की सड़कों पर घूमता था मगर कभी किसी बंद दरवाज़ों वाली दुकान के अंदर जाने का साहस नहीं जोड़ पाया।

आख़िर उसको एक साथ वाले कलाकार ने कहा कि जो लेना है, दिल्ली से ले लेना। किसको समझ आता है, कहाँ का माल है! उसको भी यही ठीक लगा।

पेरिस की चमचम रातों में जागते फिरते लोगों को देखकर उसको याद आता कि रेगिस्तान में रात जब जागने लगती तो रेत के धोरे सोने चले जाते।

उन रेत के धोरों को देखकर लगता कि दिनभर की थकी हुई अल्हड़ कमली सो रही है। जवान देह, ज़मीन के बिछावन पर बेसुध। चाँद की रोशनी में रेत ही कमली हो गई है। उसका अंग-अंग खिल गया है।

मुंशीड़े के ख़यालों में रेगिस्तान, कमली की सरूप देह में ढलकर अनंत लंबाई तक फैल जाता। चाँद की रोशनी में चमकती रेत की गोरी सुडौल पिंडलियों को हवा धीमे-धीमे बहती हुई चूमती और सँवारती जाती। इसके आगे वह रेत के धोरों को देखकर जो सोचता, उससे एक सिहरन होने लगती।

रेगिस्तान की धरती काल है। माया है। क़ुदरत की अनूठी कारीगरी है। जीवन है। कमली है।

वह उसी के पास जाएगा।

6

जोगियों के डेरे पर एक लंबी प्रतीक्षा का तंबू तना हुआ था। कमली को किसी करवट और किसी ढब आराम न था। एक महीना भी न हुआ मगर लगता था कि जाने कितने ही साल तनहा गुज़र गए हैं। इससे भी बड़ी तकलीफ़ थी कि मुंशीड़ा लौट आया था और वह उससे मिल नहीं पा रही थी।

तीन दिन के बाद वह दिन आया, जब सब कुछ ठीक बन गया। माँ और भाभी देर शाम लौटेंगी। भाई, गधे की पीठ पर चाकी के पाट लेकर चला गया। बाप ओडियों को बेचने टेसण चले गए। पाँच बजे के बाद ही लौटेंगे सब। डेरे में बैठी कमली ने आसमान में उड़ती चील की कुरलाहट

सुनी और उठ खड़ी हुई। वह मन–ही–मन मुस्कुरा रही थी कि मीठी ज़ुबान वाला उसका मुंशीड़ा सिर्फ़ उसी का इंतज़ार कर रहा है।

खेमा बाबा मंदिर तक पहुँची तो आठ फ़ीट चौड़ी डामर की सड़क पर चलना सुहाया नहीं। कच्चे–पक्के घरों के पीछे चलती रही। एक खेजड़ी की छाँव में दो पल रुकी फिर तपती धरती पर आगे बढ़ गई। दिन का एक बजा होगा। सूरज अपने ज़ोर पर था। सब तरफ़ सन्नाटा पसरा हुआ था। फिर भी उसने अपने देवों को मन में मनाया कि आज कोई न देखे।

पड़वे के दरवाज़े तक आते ही उसे खाट पर लेटा हुआ अधनंगा मुंशीड़ा दिख गया। दोपहर की गरमी ने उसका कुरता और बनियान उतरवा रखी थी। मुंशीड़ा हड़–बड़ चौंकता–सा उठ बैठा। दीवार पर लगी खूँटी पर टँगे हुए कुरते को पहनने लगा।

उसने पूछा– "आगे जा रही हो ?"

कमली ना कहते हुए दरवाज़े के पीछे खड़ी हो गई।

कमली ने रास्ता फ़तह कर लिया था और विश्वास हुआ कि उसे यहाँ तक आते किसी ने नहीं देखा। उसने दरवाज़े के पीछे खड़े हुए, दीवार से पीठ टिकाए लंबी साँस ली। मुंशीड़ा किसी जल्दबाज़ी के भँवर में पड़ गया था। वह बहुत कुछ कहना चाहता था मगर ज़ुबान अपनी जगह छोड़ चुकी थी। उसने फिर एक ग़लत बात पूछी– "तो क्या मेरे से मिलने आई हो ?"

कमली ने कहा– "ना मेरे माईत गुम गए हैं, उनको खोज रही।"

मुंशीड़े ने एक नीले और लाल रंग वाला थैला खोला। उसमें से सफ़ेद रंग की एक थैली निकाली। वह किसी जादूगर की तरह चीज़ों में से चीज़ें निकाल रहा था। कमली दरवाज़े की ओट में खड़ी हुई उसको देख रही थी। मुंशीड़े को भी ये ख़याल नहीं आया कि वह उससे कहे कि आ यहाँ बैठ जा। वह इत्ती जल्दबाज़ी में था कि उसने सफ़ेद थैली से एक हरे रंग का लंबा स्कर्ट निकाला और तेज़ी से कमली के कंधे पर रख दिया।

ऐसा करते ही मुंशीड़े को अपने इतने पास देखकर कमली ने अपना मुँह दीवार की तरफ़ कर लिया। मुंशीड़े के हाथ उसके कंधों को छूते हुए पेट तक चले आए। वे दोनों काँप रहे थे। दिन के उजाले में भी कमली की आँखों में भरा रात का मादक अँधेरा चमक उठा।

"मैं आज जी भर के नाचना चाहती हूँ। तू मेरे लिए गाएगा?"

"हाँ गाऊँगा, फिर तुझे मेरा एक काम करना पड़ेगा। करेगी?"

मुंशीड़े ने बरसों से जमा किसी अधिकार भाव से पूछा। कमली उसकी आँखों में आँखें डालकर देखती रही। थोड़ी देर में बोली- "मैंने सबकुछ तुझको दे दिया है। अब मैं पक्की मंगती हो गई हूँ।"

पुरखों ने शायद इसी लम्हे के लिए मुंशीड़े को ये सुर बख़्शे थे।

लोकगीत दिन की तपन में और अधिक करारे होते गए। कमली ने ऐसा नाच किया जैसा मुंशीड़े ने दुनिया भर में कहीं नहीं देखा। कमली का नाच रेगिस्तान का एक तूफ़ान था। वह सबकुछ अपने अंदर समेट लेने को लगातार बढ़ता आ रहा था। इसी तूफ़ान के पीछे, एक बारिश थी। सूखे रेगिस्तान के लिए जीवनदायिनी बारिश। इस नाच में कमली के भीतर का सबकुछ बरस गया।

मुंशीड़े ने चाँदनी रातों में रेत के बदन की जो सुंदर अनछुई सलवटें देखी थीं, उन पर प्रेम की कबड्डी के निशान बन गए।

7

खेतनाथ डेरे पर आया तब तक रात हो चुकी थी। उसने आते ही पूछा कि कमली किधर है? उसके तेवर देखते ही कमली का बाप और उसकी माँ भी हरकत में आए। बाप जब तक दौड़कर खेतिये को पकड़ता तब तक वह कमली के तीन-चार थप्पड़ लगा चुका था। माँ, बेटी, बाप और भाई सब एक-दूसरे से उलझे हुए थे। कमली के बाल खेतिये के हाथ में थे। माँ ने बड़ी मुश्किल से उन बालों को छुड़ाया। हाय-होय, चीख-चिल्लाहट के बाद कमली की रुआँसी हिचकियाँ बची थीं।

बाप ने पूछा- "हुआ क्या है रे?"

''वीरमा जाट का छोरा मेरे को बोला कि जोगणों ने झोली छोड़ दी और घाघरे मांड लिए हैं। कहता था तेरी बहन घुसती पता नहीं किस घर में है पर निकलती मांगणियारों के घर से है। पूछो इस रांड को। कहाँ मरी थी ये?''

बाप ने इतना सुनते ही मुँह फेर लिया। बाप ज़रा देर मुँह फेरे खड़ा रहा फिर थोड़ी दूर जाकर बैठ गया।

माँ वहाँ से उठी और कमली के पास गई। उसने हाथों और पैरों से कमली को मारना शुरू किया। कमली एक गेंद की तरह गोल होकर पड़ी हुई थी। वह कभी अपना हाथ आगे लाती और ख़ुद को मार से बचाना चाहती मगर फ़ायदा कुछ नहीं होता। उसके पेट, पीठ, मुँह और सब जगह माँ के हाथ पड़ते जाते। उसको छुड़ाने के लिए कोई नहीं आया। माँ ने ख़ुद ही गालियाँ देते और पीटते हुए थक जाने पर कमली को छोड़ा।

खेतिया बाप की दूसरी दिशा में जाकर बैठ गया। वह अँधेरे में क्या कर रहा था ये दिखता न था।

चारों तरफ़ अँधेरा और सन्नाटा था।

बाप ने दो-तीन बार खँखार कर गला साफ़ किया। वह इसी तरह से कमली की माँ को बुलाता था। रात आधी से ज़्यादा जा चुकी थी। कमली की माँ दो ताज़ा अंगारे लेकर अपने मर्द की तरफ़ गई। उसी ने अपने हाथ से चिलम उठाई और कमली के बाप को पकड़ा दी। बेमन से चिलम में जर्दा भरते हुए बाप ने कमली की माँ की ओर नहीं देखा।

दोनों के पास एक-दूजे को कहने के लिए कुछ नहीं था।

सुबह कमली की माँ तेज़ क़दमों से टेसण के अस्पताल की ओर भागी जा रही थी। अस्पताल के पास वाली गली से होती हुई, वह नए गाँव आ गई। उसने नीले रंग के बरामदे वाले घर के पास आकर आवाज़ दी। घर का दरवाज़ा खुला था। जोगण इतनी सुबह माँगने के लिए आई हो, ये संभव न था। इसलिए मकान मालकिन ने पूछा- ''क्या है री?'' कमली की माँ बरामदे की पेढ़ी पर बैठ गई। उसने कहा- ''किराएदार बाई जी से मिलना है।''

इस घर में रहने वाली किराएदार बाई जी, दो सालों से जोगियों के डेरे पर आया-जाया करती थीं। उसने कई बार जोगियों से कहा था कि पंचायत में पक्के मकान की अर्ज़ी लगाओ। पक्का मकान होने से ज़िंदगी आसान हो जाती है। जोगी उसकी बातें नहीं सुनते थे। वह कुछ वक़्त औरतों के साथ समझाइश में लगाकर लौट जाती थी।

"अरे! सुबह-सुबह?"

"बाई जी, मैं तो बरबाद हो गई।"

"क्या हुआ?"

कमली की माँ ने पास खड़ी हुई मकान मालकिन की ओर देखा। वह निश्चित नहीं कर पा रही थी कि इसके सामने ये बात की जाए या नहीं। बात कहने का संकोच कई बार बात के ओछी होने की ओर इशारा करता है। उसने सोचा कि बात ओछी ही तो हुई है। चुप ही रहो, सबके सामने खोलने से क्या फ़ायदा है। कमली की माँ चुप हो गई और उसने नज़रें बाहर गली की तरफ़ कर लीं।

बाई जी ने कमली की माँ से अपने साथ चलने को कहा।

मकान मालकिन इस निगाह से देख रही थी कि वाह ओ बाई जी! इस जोगण को कहाँ कमरे में लिए जा रही हो। इनके लिए इतना ही काफ़ी है कि ये मेरे घर के पागोथियों पर बैठ सकें।

बाई जी ने कमरे में कमली की माँ को एक कुर्सी पर बैठ जाने के लिए कहा। वह नीचे आँगन में ही बैठ गई। उसकी आँखों में थोड़ी उदासी और बहुत सारा ग़ुस्सा था। कमली की माँ ने कहा- "बाई जी, मेरी सोलह साल की छोरी को ख़राब कर दिया। बेचारी भोली है। रास्ते आते-जाते दो मीठी बातें कीं और फिर बहला-फुसलाकर अपने कमरे में ले गया।"

बाई जी ने कहा कि बहुत ग़लत हुआ है। इस तरह कैसे कर सकता है कोई? और फिर कमली नादान थोड़े ही है। उसको भी समझदार होना चाहिए। अब और बदनामी होगी। लोगों को तो इसमें ही सुख है कि बात चुपचाप चलती रहे। तुम जाओ कमली को ले आओ। एक बार डॉक्टर के पास जाकर आएँ फिर उससे भी पूछें कि हुआ क्या है? बाक़ी तुम डरो

मत कि औरतज़ात के साथ कोई ज़बरदस्ती नहीं कर सकता है।

कमली की माँ को समझ ही नहीं आ रहा था कि वह क्या करे, क्या न करे? ये बाई जी उसके डेरे आती थीं और ये ही पढ़ी-लिखी जानकार हैं तो सही रास्ता दिखाएगी। वह यही सोचकर ग़ुस्से में उठकर यहाँ तक चली आई। कमली की माँ को ख़ूब दु:ख था कि विश्वासघात हुआ। अपनी जाति, समाज और बिरादरी के बाहर का नीच आदमी उसकी बेटी को बहलाकर अपने घर ले गया और ख़राब कर दिया। उसी नीच ने ही यह बात भी टेसण पर फैलाई होगी वरना वीरमे के छोरे को कौन बताता!

उदासी में घिरी कमली की माँ परेशान क़दमों से सीढ़ियाँ उतरकर चली गई।

बाई जी उसे जाता हुआ देख रही थीं तभी मकान मालकिन ने कहा-"हें ओ बाई जी, आपने लागे है के जोगी कोई मुक़दमो करेला? अर जे सब राजी-खुशी रो सौदो होयो तो?"

बाई जी ने कुछ कहा नहीं। वे अपने कमरे में चली आईं।

बाई जी ख़ूब जानती थी कि समाज और प्रतिष्ठा ऐसा अचूक पर्दा है जिसके पीछे सत्य का भी मुँह काला करके भी छिपाया जा सकता है।

8

दोपहर तक एक से दूजे कान तक होती हुई ख़बर मुंशीड़े तक भी आई।

मुंशीड़ा गाँव में सबको सलाम बजाता था मगर उसके हिरदे में ऐसा कोई आदमी न था, जो उसकी बात को सुन सके और सही बात का पक्ष ले सके। उसे कोई नाम याद आया ही नहीं। उसे मसख़रे, चाटुकार और शराबी लोगों के चेहरे याद आए, जो टेसण पर बैठे हुए, हर किसी की ज़िंदगी के मज़े लेते रहे हैं। उसको लगा कि किसी भले आदमी की संगत की होती तो अच्छा होता। आज कोई सज्जन उसका साथ देता।

यह दु:ख की घड़ी थी। मुंशीड़ा बेहद अकेला पड़ गया था।

प्रेम का बिरवा किसी को पूछकर थोड़े ही उगता है। उसने चाहा कि

काश प्रेम रास्ता पूछकर ही आता तो वह मना कर देता कि कहाँ तू जोगण और कहाँ मैं मांगणियार। आज उसे किसी सहारे की ज़रूरत पड़ी तो याद आया कि ज़िंदगी भर ऐसे लोगों की हाज़िरी बजाई कि ज़िंदगी बेकार गई। भले लोगों की याद की तो मुंशीड़े को हेड माड़साब की याद आई।

स्कूल में हेड माड़साब के सामने फ़र्श पर बैठे हुए मुंशीड़े ने पूरी बात बताई।

गणित वाले माड़साब भी वहीं बैठे हुए थे। उन्होंने कहा कि गाँव में पंचायती कोई भले लोग थोड़े ही करते हैं। ये भी सब जोड़-तोड़ का ही मामला है। एक बात पक्की है कि टेसण वाले मुक़दमा तो जोगियों को नहीं करने देंगे। मुक़दमा हो तो उन पंचों को कौन पूछे? सब कोर्ट कचेड़ी का मामला हो जाए। गाँव वालों का उसूल है कि पुलिसवालों से सुतवाने से भला है, अपने गाँववालों से सुतवाओ।

गणित वाले माड़साब ने कहा- "केरल से एक नर्स बहन जी टेसण के पास वाले गाँव में पोस्टिंग पर आईं। हिंदी भी इत्ती समझती थीं कि काम निकल आए। यूँ भी बीमारी सुई की ज़ुबान ही समझती है। इसलिए इसमें बोली कहीं आड़े नहीं आती थी। इधर नर्स बहन जी को स्वास्थ्य केंद्र में एक कमरे वाला घर भी मिल गया। तीसरी रात गाँव के एक आदमी ने दरवाज़ा बजाया। बहन जी दरवाजा खोलो। म्हारे दूखे है। उसकी हरकतों से नर्स बहन जी डर गईं। उस आदमी ने रात देर तक कई बार दरवाज़ा बजाया। दरवाज़ा नहीं खुला तो खिड़की से आवाज़ें दीं। अगली सुबह केरल वाली नर्स बहन जी सरपंच साहब के घर गईं।"

सरपंच साहब ने कहा- "आओ बहन जी कैसे आना हुआ?"

नर्स बहन जी ने कहा कि गाँव का फलाँ आदमी आया था और रात को खोटी नीयत से मुझे परेशान करता रहा। सरपंच साहब ने कहा- " ये तो बहुत ग़लत बात है। उसकी ऐसी हिम्मत कैसे हुई? ये काम तो हमारा है।"

गणित वाले माड़साब की गंभीरता से कही हँसी भरी बात नाकाम रही। मुशीड़े के दर्द पर हँसी का फाहा बेकार गया। हेड माड़साब भी जैसे

थे, वैसे ही बने रहे।

गणित वाले माड़साब ने आगे कहा कि वे सरपंच जी ही अब बड़े प्रधान जी हैं। पंचों के बड़े पंच गिने जाते हैं। मुंशीड़ा, तेरे आगे कोई रास्ता नहीं है। खाज हुए कुकरिए की तरह पूँछ दबाकर उनके ही पाँवों में पड़ जा।

हेड माड़साब के पास कोई मदद नहीं थी। एक बड़ा अपराधी किसी का क्या न्याय करता! वे डरते थे कि कहीं जाज़म पर बैठे हों और कुछ बोलते ही कोई उनको बीच में टोक दे तो जाने कैसा हो। शायद किसी को मालूम हो कि वे ख़ुद सुगणी के कितने बड़े गुनहगार हैं। इसलिए ही वे कहीं आते-जाते नहीं थे। लेकिन उनके पास ज़िंदगी की ये एक बहुत बड़ी ठोकर थी। इस ठोकर की वेदना में वे सबसे अच्छा न्याय कर सकते थे। वे दंड भी ऐसा देते कि हर कोई श्रद्धा से झुक जाता।

उन्होंने कहा- "मुंशीड़ा, प्रेम कुछ नहीं जानता है, सिवा इसके कि उसके मन में कौन बसता है। तेरे मन में कमली है तो जा उससे एक बार पूछ कि वह क्या चाहती है? जो वो चाहे उसके लिए हाँ कर देना।"

स्कूल से दूर जाता हुआ मुंशीड़ा, हेड माड़साब को ऐसा दिख रहा था जैसे सुगणी की अदालत में वे थके हुए क़दमों से जा रहे हैं। वे ख़ुद दोस्तों की मसख़री और छेड़ के असर में सुगणी को खो बैठे थे। उस सुगणी ने अलोप होकर हेड माड़साब को ऐसी सज़ा दी थी कि किसी भी न्यायप्रिय की आँखों में आँसू भर आए। लेकिन ये कोई न्याय न था। ये सुगणी की हत्या थी।

स्वर्ग-नरक कुछ नहीं होता है। आदमी इसी मिट्टी से जन्मता है और इसी में ख़त्म हो जाता है।

9

शाम तक जब कमली की माँ लौटकर नहीं आई तो बाई जी जोगियों के डेरे की तरफ़ चल दीं। टेसण पर बैठे हुए मसख़रे मुस्कुराए।

इसी टेसण की रेल के नीचे देकर कुछ लोगों ने समाज के नाम पर

कई ज़िंदगियाँ मिटा दी थीं। अव्वल तो मुक़दमा हुआ नहीं और कोई हुआ भी तो उसका नतीजा हमेशा सिफ़र था। जिसपर भी आरोप था, वह दोषमुक्त होकर लौट आया। बाई जी को ऐसे क़िस्से सुना-सुनाकर ख़ूब डराया गया था। आदमी तो आदमी, गाँव में मिलने वाली औरतें भी कहती थीं कि इस टेसण वाले गाँव का कभी भला नहीं हो सकता है।

खेमा बाबा मंदिर की रोड पर चलते हुए बाई जी ने देखा कि शाम कभी भी डूब जाएगी। जल्दी जाकर जल्दी आना होगा।

जोगियों के डेरे पर चुप्पी थी। मिनख चुप थे और जानवर भी चुप। किसी ने भी बाई जी का स्वागत नहीं किया। स्वागत तो क्या किसी ने सामने भी नहीं देखा। चार-पाँच जोगी एक तरफ़ बैठे हुए चिलम पी रहे थे। उनके पीछे की तरफ़ एक काला तंबू था। उसके पीछे कमली की माँ बैठी हुई थी। सबको एक निगाह से देखते हुए बाई जी कमली की माँ के पास जाकर बैठ गई।

"काईं नी करणों।"

"क्यों कुछ नहीं करना?"

"समाज री बात।"

"समाज क्या करेगा?"

"म्हने ठा कोनी, कमली रो बाप कैवे जिको होई।"

बाई जी अगला सवाल पूछती या कुछ कहती, उसके पहले ही कमली का बाप आ गया। उसने कहा- "मैं आपके हाथ जोड़ता हूँ। आप वापस चले जाओ। हमने बात कर ली है। अब मेरे चार भाई जो कहेंगे, कल वही होगा।"

"बाबा जी मेरी बात सुनो..."

बाई जी को आगे बोलने से कमली के बाप ने रोक दिया। कहा कि इसी में हम सब की भलाई है कि आप यहाँ से चली जाओ। जिस समाज में रहते हैं। जहाँ भीख माँगकर और छोटा-मोटा काम करके गुज़ारा करते हैं, वहीं के लोगों की राय से बैर लेकर नहीं जिया जाता।

बाई जी कुछ कहती उससे पहले ही कमली की माँ ने उनका हाथ

पकड़ा और कहा, "मैं आपके पैर पड़ती हूँ। आप चली जाओ यहाँ से। मैं अपनी बच्ची के लिए मर्द से भी हज़ार बार मार खा सकती हूँ मगर आपका यहाँ मान न रहेगा। इसलिए आप चली जाओ।"

बाई जी वहाँ से वापस रवाना हो गई थीं। उनके साथ हर बार ऐसा ही होता था। वे जब भी किसी को उसके दुःख का कारण बताती थीं, अगला ख़ुद अपने दुःख से ही मुकर जाता था।

लोगों के नसीब में ठोकरें नहीं थीं वरन ठोकरों से ही बना हुआ उनका नसीब था। ऐसा ख़ुद को समझाते हुए बाई जी वापस घर की ओर चली जा रही थीं। टेसण की लाइटें जल रही थीं। सड़क वीरान थी। रेगिस्तान सोने की तैयारी में था।

उन्होंने भी अपने कमरे में आकर बिना खाना बनाए चारपाई पकड़ ली। ऐसे हादसे जब भी होते तो वे ख़ुद से एक सवाल करती थीं कि जो समाज अपना भला नहीं चाहता है, उसका भला करने की ज़िद उसके मन में किसलिए है? वह किन चीज़ों से लड़ रही है? कहीं ऐसा तो नहीं कि अपने आप को ही धोखा दे रही हो।

शहर में पढ़कर गाँव जाकर गाँव को बदल सकने का ख़याल एक रूमान तो नहीं है। हो सकता है कि ये भ्रम हो। जिसके सम्मोहन में घिरकर कोई बाहर न निकल सकता हो। और जब निकले तब तक बहुत देर हो चुकी हो। लेकिन बाई जी ने फिर ख़ुद को यक़ीन दिलाया कि मनुष्य की सेवा श्रेष्ठ धर्म है और इससे कभी मुँह नहीं फेरना चाहिए।

10

मुंशीड़ा नाउम्मीद हो गया था। उसको हर तरीक़े के भय सता रहे थे। कमली के सिवा उसका कोई नहीं था और उस तक जाना मुमकिन न था। जोगियों के पास एक पतली-सी मरियल दिखने वाली कुतिया थी। लेकिन ऐसी तेज़ कि दौड़ते हुए तीतर को उड़ने से पहले पकड़ ले। फिर बात ऐसी हो रखी थी कि मुंशीड़ा अगर रात को डेरे के पास जाने की हिम्मत करता तो वह कुतिया उसको भी तीतर की तरह पकड़ लेती। जोगी जाग

जाते और हो सकता है कि ग़ुस्से में उसको मार भी डालते।

मुंशीड़े के सामने एक पूरी रात रखी थी।

रात बाजरे का जला हुआ काला मोटा रोटला हो गई थी। उसे खाया नहीं जा सकता और वह पूरी तरह जलकर राख भी नहीं हुआ था। मुंशीड़ा अपने घर के इकलौते कमरे के पीछे दीवार का सहारा लिए बैठा था। उसे पक्का विश्वास था कि कमली उसको मन से चाहती है। उस कमली ने अपना सब कुछ उसको दिया है। बिना किसी लालच के वह ख़ुद उस तक चलकर आई थी।

एक दोपहर खेमा बाबा मंदिर के पीछे वाले धोरे की डेर में उगे हुए आकड़ों के पीछे वह कमली से मिला था। कमली नीची नज़रों को ऊपर उठाकर देख रही थी। उसने अपनी भौंहों को ऊपर करते हुए इशारा किया कि क्या देख रहे हो।

''तू बहुत रूपवती है। तेरे लिए एक गीत गाने को मन होता है।''

''कौन-सा गीत गाएगा?''

''जो सबसे सुंदर गीत हो।''

''तू जो गाता है, वे सब गीत मेरे से ज़्यादा सुंदर हैं।''

''नहीं तेरे जैसा सुंदर कोई नहीं है।''

वे दोनों वहाँ बहुत देर तक बैठे रहे। उन्होंने ख़ूब सारी बातें कीं। समंदर से पानी भाप बन जाता है। भाप बादल बन जाती है। हवा उन बादलों को उड़ाकर रेगिस्तान तक ले आती है। कैसा खारा पानी हो जाता है कितना मीठा पानी! रेगिस्तान और पानी मिल जाते हैं। जैसे मैं और तुम।

कमली ने कहा- ''कभी अकाल पड़ गया तो?''

सौ अच्छी बातें करो तो भी उनमें से कुछ उदासियाँ निकल ही आती हैं। उन दोनों की बातों में ख़ूब सारी उदासी थी। वे दोनों एक-दूजे के साथ रहना चाहते थे लेकिन ऐसी कोई सूरत नहीं थी। मुंशीड़े ने कहा- ''जब ऐसी कोई सूरत होती नहीं तो ऊपरवाला मिलाता ही क्यों है?'' कमली के पास इसका कोई उत्तर नहीं था।

कमली ने कहा- "मेरे भाई को मालूम हुआ तो वह मार ही डालेगा। मुझे पक्का लगता है कि मेरी भाभी का भाई हमारे साथ रहने आने वाला है। जब मेरा भाई शादी से पहले उनके घर रहने गया था तब भी उन्होंने इसीलिए हाँ भरी थी कि मैं अपनी भाभी के भाई के लिए रहूँ।"

कमली की ये बात मुंशीड़े के हिरदे के आर-पार उतर गई। वह इस आशंका से ही डर गया कि कमली एक दिन चली जाएगी।

कमली उसको देख रही थी। वह बस उसको देखना चाहती थी। जी भरकर देखना। ऐसे कि जैसे बरसात के दिनों में आहिस्ता-आहिस्ता रेत के धोरों पर हरा रंग आता हो।

उनकी उदास बातों के बावजूद कमली के मन में ख़ुशी थी। ऐसी ख़ुशी जैसे बरसात के बाद बच्चों को लाल रंग का ममोइया मिल जाता हो। उस जादुई मख़मली कीड़े को हथेली पर लिए हुए जो सुख होता है वही इस मुलाक़ात में भी था।

मुंशीड़ा अब भी दीवार का सहारा लिए बैठा था।

आसमान से एक तारा टूटा। उसने सोचा कि कल जोगी और पंच उसका भी जाने क्या हाल करेंगे। वह किसको अपना यह दुःख बताएगा। क्या ऐसा नहीं हो सकता कि वह एक बार फिर से कमली को गले लगा सके। गले ही क्यों लगाए उसके साथ कहीं दूर भाग जाए।

आसमान की थाली में जितने तारे टिमटिमा रहे थे, उतने ही ख़याल मुंशीड़े के मन से उपजते और पानी के बुलबुलों की तरह फूट जाते।

वह असहाय, तनहा और लगभग हारा हुआ बैठा था।

11

दिन निकल आया था। टेसण के पास ही रेलवे की खुली पड़ी ज़मीन पर लोग गोल घेरे में बैठे हुए थे। कोलाहल बढ़ता ही जा रहा था। जोगी अपनी लाठियाँ लिए हुए थे। वे हर बात में बाप जी, बाप जी करते हुए गोल घेरे में बातें कर रहे थे। दूर से देखो तो लगता कि कई सारी भेड़ें गोल घेरे में चर रही हैं। वास्तव में ये कुछ ऐसा था कि शिकारी बीच में

बैठे थे और भेड़ें ख़ुद अपने आपको लेकर हाज़िर हुई थीं।

टेसण के पंच लोगों के साथ मसख़रे और तमाशबीन भी थे। तर्कपूर्ण क्या होता है और तर्कहीन कब हो जाता है। यही तय करना था। किसी भी तर्कपूर्ण को अतार्किक बनाने का हुनर रखने वालों के लिए ये काम का आयोजन था। वहाँ बैठे हुए लोगों में से कुछ लोग कई बार आपस में ऊँचा बोलने लगते। इतना हल्ला देखकर नीम के पेड़ पर बैठने वाले पंछी उड़कर दूर टेलीफ़ोन के खंभों पर लगे तारों पर जा बैठे।

रोज़ आने-जाने वाले रास्ते पर खड़ा नीम का पेड़ नए कौतुक का ठिकाना था। इसी पेड़ के नीचे शराबी राह चलते हुए लोगों से लड़ते थे और ढाणियों के क़िस्सों को नमक-मिर्च लगाकर पकाया करते थे। कोई फ़ौज से रिटायर, कोई स्कूल से भागा हुआ मास्टर, कोई पंचायत का चपरासी, कुछ जीप गाड़ियों के ड्राइवर और कुछ बेरोज़गार लोग यहाँ जमा रहते। वे सुबह नहा-धोकर, घरों से रोटी खाकर आते और ताश का खेल बुखारा खेला करते। ऐसी कई टोलियाँ यहाँ बैठी रहतीं। आज वे सब पंच थे या पंचों के प्रसंशक।

पंचायत शुरू हुई।

"बाप जी! इस मुंशीड़े ने मेरी बेटी को ख़राब कर दिया। मेरे डेरे पर आता-जाता था। हँस के बोलता था। इस आदमी ने सत्यानाश कर दिया। ऐसा पता होता तो खेमा बाबा माफ़ करें, मैं इसको कालिए नाग से डसवा देती। मेरा न्याव करो।" कमली की माँ इससे आगे भी कुछ कहती पर बेटे ने धक्का दे चुप करा दिया।

इस कौतुहल का रस आधा न रह जाए इसलिए मनचलों ने कहा "कमली को लाओ और उससे भी पूछो।" जोगी सकपका गए। पंचों को भी असुविधा हुई। पंचायतियों में औरतों का बयान सबके सामने अभी तक नहीं करवाए गए। कोई औरतज़ात की बात होती तो दोनों पक्षों के दो-दो बुज़ुर्ग औरतों के बीच जाते और पूछकर आते। फिर वे ही बताते कि उनका क्या कहना है? लेकिन कमली के रूप के चर्चे इन नए पंचों को उकसा रहे थे। इसलिए एक पंच के मुंह से निकल गया- "हाँ बुलाओ

भाई। बाई ने ही पूछो, के बात हुई'' सकपकाए जोगियों को कमली को लाना ही पड़ा।

कई जोड़ी आँखें तृप्त हुईं। वे आँखें कई दृश्य बुनकर धन्य हुईं।

मुंशीड़े से पूछा गया तो उसने हाथ जोड़े अपना सर झुका लिया। ''हुकुम मुंशीड़े मांगणियार तो आपरो दियोड़ो खाधो है, इण माथे आपने आपरे मन में जितो विश्वास हुए उण हिसाब सू जो कैवो, वो सिर माथे।''

मुंशीड़े ने एक बार में अपना गुनाह और बेगुनाही क़ुबूल कर ली थी। उसने कहा कि मैंने तो आपका दिया हुआ खाकर ही ज़िंदगी बसर की है। अब आपको मुझ पर जितना विश्वास हो और आपका मन जो कहे वह समझ लीजिए। आप जो भी कहेंगे, मैं करूँगा।

पंचायत ने न्याय किया। या यूँ समझिए कि पंच पहले से ही तय करके आते हैं कि किया क्या जाना है? वैसे रीत ये है कि कुछ ले-देकर एक-दूजे को मना लो और अपने लिए दारू-बकरे का इंतज़ाम कर लो। सब ध्यान से सुन रहे थे। ''मुंशीड़ा अपना प्लॉट बेचेगा और इससे जो रुपये मिलेंगे, वे कमली के घरवालों को दिए जाएँगे।''

मुंशीड़े को याद आया कि उसके पड़ोसी पटवारी जी कई बरसों से उसे कह रहे थे कि उनको प्लॉट बेच दूँ और नए गाँव में कोई दूसरा ठिकाना देख लूँ। उसका ये प्लॉट पटवारी जी के जोड़ा-जोड़ था और उनको इसकी ज़रूरत भी ज़्यादा थी। फिर सात घरों के बीच इस बेज़ात मांगणियार का रहना भी किसी को सुहाता नहीं था।

एक आदमी बोला- ''बापड़ों मुंशीड़ों कठे जाई?''

दूसरे ने कहा- ''खोटे काम करना और मिनखों के बीच रहना दोनों एक साथ नहीं होते हैं।''

कुछ और तरह की बातें हुईं मगर मुंशीड़ा चुपचाप सर झुकाए हुए बैठा रहा।

पंचों ने अगली बात कही-''आज सूं इण ने कोई आपरे घरे नी बुलावे ला।''

मुंशीड़े का एक तरह से हुक्का-पानी बंद हो गया था। ऐसा हुक्का जिसे वह यूँ भी कभी मुँह नहीं लगा सकता था और ऐसा पानी जिसे पीने के लिए उसको अपनी कटोरी हर जगह साथ रखनी पड़ती थी। उसकी नब्ज़ डूबती जा रही थी कि अचानक कमली खड़ी हो गई।

"मेरा भी न्याय होना चाहिए। मुंशीड़े ने कोई गलती नहीं की है। मैं खुद अपनी मरजी से गई थी। आज अगर मुंशीड़े को कोई दोषी कहता है तो मैं भी आज के बाद किसी घर में माँगने के लिए नहीं जाऊँगी।" कमली की बात पूरी होती उससे पहले ही एक लाठी उसके सिर पर पड़ी।

कमली अचेत पड़ी थी। जोगी घेरे हुए खड़े थे। पंचों ने अपनी-अपनी धोतियों से धूल झाड़ दी थी और टेली.फ़ोन के खंभों से पंछी फिर अपने नीम पर लौट आए।

जिस रास्ते मुंशीड़ा उदास चला जा रहा था। उसी रास्ते पर किसी ओढ़नी से छिटककर गिरा हुआ एक काँच का टुकड़ा पड़ा था। वह मोहब्बत में टूटी हुई षोडशी के आँसू-सा चमकीला और पारदर्शी था।

12

बाद सालों के मुंशी खाँ मांगणियार नामक गायक के एक ऑडियो कैसेट ने धूम मचा दी।

ट्रेक्टरों, टेम्पो, जीपों, बसों और दुकानों पर एक ही गीत बजता था। यह गीत रेगिस्तान की रेत के कण-कण में घुल गया। मुंशी खाँ मांगणियार के ज़िंदा रहते हुए भी लोकगीत बन गया।

"जठे देखूं उठे छोरी कमली खड़ी।"

जहाँ देखूं वहीं कमली खड़ी दिखाई देती है। मुंशी खाँ ख़ुद कमली हो गया था। वह पनियल आँखों से दरगाह की चौखट को चूमता हुआ शुकराना अदा करता था और रोते हुए पूछता था- "दादा पीर, मुझे इतना नाम दिया, धन दौलत दी, क्या एक कमली नहीं दे सकते थे?"

* * *

मार्च महीने की एक सुबह में प्रेम

ये चिपचिपी गरमी वाला मौसम था। रात के दो बज रहे थे। तेरहवें माले के फ़्लैट की खिड़की के पास का मौसम कुछ ठीक जान पड़ता था। लेकिन वहाँ भी हवा जैसा कुछ न था। अंदर आने के दरवाज़े के पास जूते रखने की छोटी रैक थी। वहाँ रुकने का मन नहीं होता था। इसलिए जूते हमेशा बालकनी कहे जानी वाली छोटी-सी जगह पर एक-दूजे पर पड़े रहते थे।

फ़्लैट था, जैसे रेलवे यार्ड में खड़ा हुआ शिपिंग कंटेनर। एक तरफ़ दरवाज़ा और दूसरी तरफ़ खिड़की। बाईं तरफ़ एक छोटी बालकनी। खिड़की इतनी छोटी थी कि उसमें से थोड़ा-सा आसमान देखा जा सकता था। एक टुकड़ा आसमान।

फ़्लैट में आते ही वह गहरे सलेटी रंग के लोअर की पिछली जेब में हाथ डालकर चुप खड़ा रहता था। जैसे कोई चीज़ कम थी। वह आज भी कम है।

* * *

वीकेंड के दो दिनों के अलावा सप्ताह की बची हुई हर सुबह, वह कंपनी के बाहर काँच लगे दरवाज़े के पास रुकता। उस समय उल्टा लटका हुआ पंखा सारी धूल झाड़ देता था। एयर कर्टेन से तन की धूल झड़ जाती थी, मन का लालच बचा रह जाता था। अगर वहाँ काम करने वालों के लालच की धूल झड़ जाती तो अगले दिन ज़रूरी नहीं कि सब लोग कंपनी दफ़्तर के दरवाज़े पर काम के लिए कतार में हाज़िरी देते।

इस दुनिया में ठहर जाना क़ीमत माँगता है इसलिए ठहर जाना मना था। दुनिया के कान में, इसी दुनिया के पहले आदमी ने फूँक मारी थी कि चलते जाना ही उसका काम है। सारी दुनिया चल रही थी। सयाने लोगों का कहना था कि भय और लालच ही वे दो ऐसी चीज़ें हैं, जो दुनिया को चला रही हैं। इन दो चीज़ों के सहारे किसी को भी हाँका जा सकता है।

अपनी उपस्थिति लगाने के लिए उसने कार्ड को मशीन पर फेरते समय सोचा कि ठिगने क़द वाला सीनियर एग्जीक्यूटिव उसकी राह का सबसे बड़ा रोड़ा है। अब तक जिन कंपनियों में उसने काम किया, वहाँ उसे जो भी मिले, उन सबको लाँघना आसान रहा था। दो महीने और पंद्रह दिन की बात होती थी। गणित के किसी फ़ॉर्मूला की तरह वह इस काम को हल किया करता था। वह इस तरह काम करता कि कंपनी की ज़रूरत हो जाता। जब उसे लगता कि अब उसकी बात को अनसुना नहीं किया जा सकेगा। उसके अगले दिन काम से हाथ झाड़कर चुप बैठ जाता।

बिना काम के बैठे हुए देखकर, सबसे क़रीब और ऊपर वाला पूछता- "क्या बात हुई?"

जिसे अनसुना नहीं किया जा सकता हो, उसमें एक स्वाभाविक दोष होता है कि वह किसी की सुनता नहीं है। तो बॉस की पुकार में उसे कुछ सुनाई नहीं देता। उसका नाम इतना निक हो चुका होता कि दो अक्षरों में समा जाता। इसलिए भी उस छोटे नाम को वह सुन नहीं पाता था। वह कुछ कहे बिना बॉस को इग्नोर करते हुए वाशरूम की तरफ़ चला जाता।

वाशरूम उसके लिए उत्प्रेरक थे।

वे उसके मनोबल को ताज़ा किया करते थे। यूरिन पॉट के सामने

खड़ा होकर वह गहरी निगाह से देखता था। लाजवाब सुंदरता। उसके क़द के आधे आकार का पॉट उसके सामने मुस्कुरा रहा होता। पॉट के कटाव इतने सुंदर होते कि उसको सीने से लगाकर बिस्तर में सो जाने का मन करे। उस पॉट का रंग, टेक्सचर और फिनिशिंग लाजवाब होती। उसमें पड़ी हुई सफ़ेद कपूर की गोलियाँ अपने भाग्य पर इतरा रही होतीं कि वे एक सुंदरतम पॉट की गोदी में पड़ी हैं। कपूर की उन गोलियों के लिए इससे अच्छी जगह दुनिया के किसी कोने में नहीं होती।

यहाँ से वह दुनिया के फ़र्क़ को साफ़ देखता था।

सत्रह नंबर रूट की बस जहाँ रुकती थी, वहीं 'स्वच्छ भारत – सुंदर भारत' का बड़ा होर्डिंग लगा हुआ था। उसी होर्डिंग के एक खंभे के पास के कोने को लोगों ने मूत्रालय में बदल दिया था। इसके बाद आने वाले सभी स्टेंड्स का हाल भी यही होता होगा मगर वह उनको देख नहीं पाता था। सत्रह नंबर वाले स्टेंड के कोने में खड़े लघुशंका से निवृत्त हो रहे आदमी और दफ़्तर के वाशरूम में खड़े हुए आदमी की दो दुनिया के बीच में न नापा जा सकने वाला अंतर था।

ये अंतर ही उसकी ऊर्जा थी। अपने दफ़्तर के शौचालय में खड़ा होकर ख़ुद हल्का होने की जगह अपने–आपको याद दिलाता कि इस पॉट के सारे कर्व किसी–न–किसी की पीठ को उधेड़कर बनाए गए हैं। वह वाशरूम के हर कोने का मुआयना करता। वहाँ क्लोज सर्किट कैमरे नहीं लगे थे। वहाँ आराम से इस भव्य वाशरूम को देखते हुए वक़्त गुज़ारा जा सकता था। वह कोई बीस एक मिनट बाद वहाँ से बाहर निकलता।

उसका बॉस इंतज़ार में ही होता। बॉस इसीलिए हुआ करते हैं। वे बैलों की पीठ के पीछे चल रहे हलवाहों की तरह काम करते हैं। चुप क़दमों से पीछे चलते हुए अपने मालिक के खेत को जोतते जाते हैं। वह भी एक बैल की तरह ठिठकता।

वह जानता था कि दुनिया बड़ी बेरहम है। बेरोज़गारी रेगिस्तान के प्रेत की बेहिसाब फैली हुई पूँछ जैसी है। वह फिर से अपनी कुर्सी पर आ जाता। टेबल पर रखी हुई किसी चीज़ को उठाता और उसी जगह रख

देता। वह जान रहा होता कि बॉस उसे किसी-न-किसी कैमरे से देख ही रहा है। आज वह सिर्फ़ उसी को देखेगा। कोई चार बजे के आस-पास वह अपने केबिन से उठेगा और उसकी टेबल तक आएगा।

वह गणित में हर बार सौ में से सौ नंबर लाता। इसी दाँव को बार-बार ज़िंदगी के साथ खेलता। दफ़्तर में फ़ाइल के लंबे-से-लंबे कोड को वह छोटे-छोटे टुकड़ों में बाँटकर अपने दिमाग़ में फिट कर लेता। किसी हिसाब के आख़िरी सब अंक और उनका जोड़ वह बिना किसी उपकरण की मदद से अपने आप कर लेता। एक ही हिसाब के पन्ने को प्रिंट स्क्रीन की तरह अपनी याददाश्त में बचा लेता।

नयी कंपनी में ज्वाइन करते ही वह अपना खेल शुरू करता। जो काम उसे सौंपा जाता, उस पर टूट पड़ता। यह एक युद्ध होता। उसकी एकाग्रता और गणित कौशल के आगे कोई भी डाटा फ़ाइल टिक नहीं सकती। वह दिन भर के काम के लिए पैंतालीस मिनट तय करता। वह जानता कि बॉस उसको काम करता हुआ देखकर नोटिस नहीं लेगा। वह उसको आराम करता हुआ देखकर नोटिस लेगा। वह अपनी डेस्क पर पैंतालीस मिनट बाद सो रहा होता।

"व्हाट हेप्पन?"

"यस बॉस।"

"काम हुआ?"

"काम था ही नहीं।"

"जो शेड्यूल था, वह?"

"वह बड़ा मामूली काम था।"

इसके बाद उसके सामने नया काम होता।

लालच बुरी बला है। उसने शायद पाँचवीं क्लास के आस-पास कहीं पढ़ा था। सबने पढ़ा होगा। सबने मगर इस तरह, इसे एक हथियार के रूप में न आज़माया होगा। उसने इसे हथियार बनाया। कंपनी लालच से ही चलती है। वह ख़ूब सारा काम करके कंपनी को लालची बनाता। हर दो महीने और पंद्रह दिन बाद वही सब दोहराना पड़ता था। काम बंद और

वाशरूम का चक्कर। फिर कैंटीन और फिर-

"यार, तुम मिलते ही नहीं हो?"

"मैं, बस यूँ ही।"

"मेरा मन ठीक नहीं है, कॉफ़ी लेना चाहता हूँ।"

वह जान रहा होता कि बॉस का सब ठीक-ठाक है। वह सिर्फ़ उसकी थाह लेने आया है। इसलिए उसने उसके सामने इस तरह देखा कि जैसे उसका मन बॉस से भी ज़्यादा ख़राब है, कॉफ़ी लेने जाने तक का भी उसका हाल नहीं है।

"क्या, तुम भी ना... आओ।"

वे दोनों दफ़्तर की कैंटीन में बैठे थे।

"क्या हुआ?" बॉस ने पूछा।

"कुछ ख़ास नहीं। मगर क्या मैं कहूँगा तो मान जाओगे?" बॉस को पूरे अचरज की ओर धकेलने की कोशिश में उसने कहा- "मैं ये जॉब नहीं करना चाहता हूँ।"

"मुझे बताना चाहोगे कि बात क्या है?"

वह अपने कॉफ़ी के मग की तरफ़ देखता मगर उसको हाथ नहीं लगाता। कॉफ़ी का मग वैसे ही रखा रहता, जैसा रेस्तरां वाला लड़का रख गया था।

वह कुछ नहीं करता। वह चीनी का पाऊच भी नहीं फाड़ता। वह अपनी कुर्सी से हिलता भी नहीं। वह बॉस की आँखों में झाँकता। एक ही साँस में कहता- "जिन चीज़ों को आप सीधा रखना चाहते हैं, वे अक्सर उल्टी गिरती हैं। आईनों ने हमेशा सलवटों से भरा सदियों पुराना चेहरा दिखाया है। क़िस्मत को चमकाने वाले पत्थरों के रंग अँगुलियों में पहने-पहने धुँधले हो जाते हैं। अफ़सोस ज़िंदगी से ख़ास नहीं है। एक लड़की से प्रेम है। उसके लिए कुछ लम्हे चाहिए।"

बॉस इसी क्लू का इंतज़ार करता। वह इस बात को नज़रअंदाज़ करता कि कॉफ़ी क्यों नहीं ले रहा।

"तो तुमको छुट्टी चाहिए?" बॉस एक लंबा सिप मारता। बॉस

को लगता कि मामला बड़ा मामूली निकला और मैं इस एम्प्लोयी को दो मिनट में सेट कर लूँगा। काम का आदमी बच जाएगा तो उसके बॉस शाबाशी दे रहे होंगे।

कॉफ़ी का मग अब भी पड़ा हुआ था। उसने कहा- "मैं एक अच्छा आदमी हूँ। मुझे बेकार की चीज़ों ने बरबाद किया है।"

"तुम्हें एक लड़की के साथ वक़्त बिताने के लिए छुट्टी चाहिए, इसमें बरबादी की क्या बात है?"

वह कहता- "नहीं-नहीं। कल शाम को सात महीने बाद मैंने टीवी चलाया। एक अद्‌भुत रिपोर्ट देखी। अब तक मैं सदी की महानतम लापरवाही कोपेनहेगन शिखर सम्मलेन को मान रहा था। कल उस रिपोर्ट को देखते हुए लापरवाही की नयी मिसाल मालूम हूई। सहवाग पहली पारी में सौ रन बनाकर आउट हो गया था। ये उसका देशद्रोही हो जाना था। बाक़ी बीस रन न बना सकने वाले खिलाड़ियों की जगह सहवाग ही दोषी था। उस रिपोर्ट से लगता था कि सहवाग स्वात घाटी में बैठे हुए किसी कठमुल्ले का आदमी है।"

बॉस ने कहा- "इस तरह की वाहियात ख़बरों से तुम दिल लगाते हो?"

"नहीं। मुझे सहवाग से ज़्यादा इस बात में दिलचस्पी है कि ये खेल कितने हज़ार या लाख करोड़ का कारोबार है? इस खेल को कौन चलाता है? इससे मीडिया को कितना मिलता है? इस खेल के बोर्ड से भारत सरकार का कोई लेना-देना है? नहीं है, तो फिर ये किस देश के लोग हैं और यहाँ क्या कर रहे हैं? ऐसे कितने चैनल हैं?"

बॉस असहज हो गया था।

उसने कहा- "वैसे बॉस! एक बात बताइए, हम जिस कंपनी में काम करते हैं, उसको भी हमारे देश से कोई लेना-देना है या माल बनाना और अपने देश ले जाना भर है?"

बॉस को कोई नुकीली चीज़ चुभ गई।

कुछ कहे जाने का इंतज़ार किए बिना उसने झटके से चीनी के पाऊच

को बीच से फाड़ा। मग में गिरती हुई चीनी ने दिल जैसी शक्ल को मिटा दिया। कॉफ़ी के मग को मुँह से लगाकर आधा कर दिया। होंठों पर अपनी जीभ नहीं फिराई। हल्की मूँछें ऐसी दिख रही थीं जैसे समंदर के किनारे पर किसी लहर के झाग ठहरे हुए हों।

उसकी आँखों में चमक आई। उसने कहा– "बॉस, मेरा एक दोस्त है। साले को पचास हज़ार रुपये पूरे नहीं मिलते। महीने भर तक दफ़्तर में घिसवाता है। कल रात को उसका एसएमएस आया। बिल गेट्स अंकल का हवाला था कि ग़रीब पैदा होना आपका दोष नहीं है पर ग़रीब मरना आपका दोष है।"

इतना कहकर उसने ठहाका लगाया। कैंटीन के सब लोग उसे हँसते हुए देखने लगे और सब लोग फिर से अपने काम में लग गए। उन लोगों के पास लैपटॉप है। इयरफ़ोन है। एक नोटबुक भी है। एक बैग भी है। वे शायद वर्क फ्रॉम होम के मोड में हैं, जबकि उसी कैंटीन में बैठे हुए हैं। उनकी दुनिया में हँसी एक ग़ैरज़रूरी चीज़ है। वह फिर से हँसा– "तनख़्वाह पर पलने वाला साला ग़रीब आदमी बातें कितनी बड़ी करता है।"

बॉस को बिल पे करने के लिए कहीं जाना नहीं है। वह अपने आप कट जाएगा। वहाँ लाखों की सैलरी से बहुत सारी सैलरी अपने-आप कटती जाती है। इसलिए बॉस कल की प्लानिंग के लिए आख़िरी ज़रूरी सवाल पूछता– "तुम छुट्टी जाने का प्लान कर रहे हो?"

वह कहता– "बॉस कल मैं पक्का दफ़्तर आ रहा हूँ। वैसे आपने ग्रीक पौराणिक कथाओं के दानव स्फिंक्स के बारे में ज़रूर सुना होगा। वही जो सामने पड़ जाने वाले हर आदमी से एक पहेली पूछता है और उत्तर न दे पाने वालों का गला घोंट देने को वचनबद्ध है। आप उसकी तरह वचनबद्ध तो हैं मगर मेरा गला नहीं घोंट पाएँगे।"

उसके ऐसा कहते ही बॉस ने कहा– "नो प्रोब्लम। एक आदमी की ज़िंदगी किसी कंपनी के सहारे और कोई कंपनी एक आदमी के सहारे नहीं चलती।"

पहले भी तीनों बार के बॉस ने यही कहा था और फिर उसको प्रमोट कर दिया गया।

* * *

वह दफ़्तर से एक दाँव का पहला भाग खेलकर आया था। उसे यही खेल आता था। उसके अब्बू ने कहा था कि दुनिया एक खेल है। आदमी की ज़िंदगी, तारों की रोशनी है। टिमटिमाती है और बुझ जाती है। इस खेल का राज़ मालूम करो। इसी में असली मज़ा है। वह उस कंपनी का राज़ मालूम कर लेना चाहता था। जिस राज़ के कारण कंपनी के वाशरूम और सत्रह नंबर बस स्टैंड के पास वाले खुले शौचालय के बीच अंतर था।

खिड़की पर उसने जाने कब से पाँव रखा हुआ था। अब उसे ऐसा लगा कि वह पाँव को सीधा कर ले तो शायद उसे आराम आए। आराम बड़ी कमीनी चीज़ है, एक जगह टिककर नहीं रह सकती।

उसने अपने मन में कहा कि वह क्या कर सकता है ? दफ़्तर के खेल के सिवा उसके पास अपने प्रश्नों के उत्तर नहीं थे। वह एक खड़ी पाई लगाने के अंदाज़ में कहता था- "प्रेम जैसे विषय के उत्तर किसी के पास कभी नहीं रहे। बड़े सूफ़ी संत भी प्रेम को समझाते हुए स्मृतिशेष हो गए। प्रेम अनचिन्हा रह गया।"

दूर रौशनी में शहर की भव्यता टिमटिमा रही थी। तीन साल पहले तक इसी टिमटिमाहट ने दिल में घर बना रखा था। अब्बू की बात सही लगती थी कि ये आदमी ही टिमटिमा रहे हैं। वह खिड़की के बीच बैठा हुआ इस ख़ूबसूरत दुनिया के छोटे से आले में ख़ुद पर सम्मोहित हो जाया करता था। आज नींद ग़ायब थी। सिगरेट की तलब में उसने बाईं तरफ़ हाथ घुमाया लेकिन रैक पर कुछ नहीं था। सीढ़ियों की तरह ऊपर की ओर जाती हुई लकड़ी की उस रैक के सब कोनों में सिर्फ़ सीलन भरी थी। वैसे भी वह बिस्तर की सीलन से घबराकर ही यहाँ खड़ा था। सीलन उसे घेरे हुए थी।

वह मुड़ा और खिड़की से दूर सात क़दम चलते ही किसी दोराहे पर

आ गया। एक तरफ़ दिन में दीवार से सटकर खड़ा रहने वाला बेड बिछा था। दूसरी तरफ़ वह कोना था जहाँ कॉफ़ी बनाई जा सकती थी। उसे बचपन से ही सिखाया गया था कि ज़िंदगी में बीच के रास्ते चुनने चाहिए। यानी न उसे बेहद सख़्त होना है और न ही हद से अधिक नरम। उसको ख़ुद पर कोई सितम नहीं करना चाहिए इसलिए दो सेकंड से भी कम अवधि में उसके दिमाग़ ने तय कर लिया कि सिगरेट पी जाए।

धुएँ के बेतरतीब आकार को देखते हुए, उसे एक हल्की ठंडी रात याद आई।

उस रात इसी स्टूडियो फ़्लैट के ठीक बीच में बिछे हुए बेड के दाएँ किनारे पर बैठे हुए उसने माचिस की तीली जलाई। आग की इस रौशनी में उसने देखा कि नमिता की दो आँखें चमक रही थीं।

''नींद नहीं आई?''

ऐसा पूछते हुए वह उठ गया। जब तक नमिता ने 'नहीं' कहा, तब तक वह खिड़की के पास पहुँच चुका था। उसके मन में फिर से एक सवाल कौंधा। वह क्यों उठकर चला आया? इसलिए कि नमिता को सिगरेट पसंद नहीं है?

उस हल्की ठंडी शाम में इसी खिड़की के पास खड़े हुए नमिता ने कहा था– ''सिगरेट मत पिया करो।'' उसकी आँखों में किसी शरारत के साथ झाँकते हुए उसने पूछा था– ''क्यों?'' नमिता ने कहा– ''मैं सिगरेट की गंध को पसंद नहीं करती हूँ।'' उसने पलटते हुए नमिता को बाँहों में भर लिया।

''एक मिनट, मुझे छोड़ दो।'' कहते हुए नमिता ने बाँहों से दूर जाना चाहा। उसने अपनी पकड़ को वैसा ही बना रहने दिया।

''तुमने मेरी बात सुनी?'' नमिता ने उसकी आँखों में देखते हुए कहा।

वह थोड़े असमंजस में रहा किंतु नमिता ने उसके हाथों को झटक दिया।

वह नमिता के पीछे आया। उसकी अँगुलियों में अपनी गंध पिरोने

लगा।

"मैं तुमसे प्रेम करता हूँ।"

नमिता ने कहा- "मुझसे प्रेम करने और सिगरेट पीने में क्या तालमेल है?"

वे देर तक चुप बैठे रहे फिर उसने कहा- "क्या तुम मेरे लिए इतना भी नहीं कर सकती?"

नमिता ने थोड़ा धीमे किंतु पूरे धैर्य के साथ कहा- "तुम सिगरेट पीते हो इससे मुझे कोई दिक़्क़त नहीं है। मैं तुम्हें इसलिए नहीं रोकती हूँ कि तुम ख़ुद एक समझदार आदमी हो और तुम्हें अपना भला-बुरा मालूम होना चाहिए।"

ऐसा सुनते हुए उसने नमिता को चूम लेना चाहा।

नमिता ने उसे ज़ोर से धक्का दिया- "ये बदतमीज़ी है, मेरे पास आना है तो जाओ मुँह साफ़ करके आओ।"

उसने नमिता का हाथ नहीं छोड़ा। वे दोनों बिस्तर पर गिरे हुए थे।

नमिता ने बिस्तर पर से ख़ुद को समेटते हुए बेहद उदास स्वर में कहा- "ये तुम्हारी बदसलूकी है।"

उसने नमिता को धक्का देने के अंदाज़ में हाथ छोड़ दिया।

"मुझे अफ़सोस है, तुम अहंकार से भरे हो और एक झूठे सम्मान के लिए तड़प रहे हो। तुम मुझसे अपेक्षा करते हो कि मैं छी-छी करती हुई तुमसे अपना मुँह दूर ले जाऊँ और फिर ख़ुद को तुम्हारे सीने में छुपा लूँ। तुम इसे प्रेम समझते हो और मैं इसे प्रेम का अपमान।" नमिता ने ऐसा कहते हुए अपने दुपट्टे को चादर की तरह ओढ़ा और सो गई।

उस हल्की ठंडी रात के बाद की सुबह बड़ी ताज़ा थी। नमिता ने उसे गर्म चाय देते हुए कहा- "इंसान सिर्फ़ टाँगों में टाँगें डालकर सोने, सिगरेट पीकर जबरन चूमने, सिर झुकाए हुए नौकरी करने और नगर निगम की नालियों को कोसने के लिए दुनिया में नहीं आता है।"

उस दिन नमिता चली गई थी। कब लौटेगी मालूम नहीं था। वह अकेला था। उसे लगा कि आराम है। फ़्लैट में जगह उग आई है। वह

अपने पाँव को बेड के दूसरे छोर तक फैलाकर सो सकता था।

* * *

नमिता के अपने काम थे।

उसको इस बात में ख़ास दिलचस्पी नहीं थी कि कंपनी के लिए बिज़नेस लाना क्या चीज़ होती है। यह सिर्फ़ वही जानता था कि जब वह करोड़ों रुपये का बिज़नेस लाकर देता है तब कंपनी उसको हज़ारों में तनख़्वाह देती है। जब वह बिज़नेस नहीं लाता है तब कंपनी उसके अतीत को भूल जाती है। उसने क्या-क्या किया था, इसे गिनाया नहीं जा सकता है। तुम क्या-क्या ला रहे हो ये ही गिनती की बात है। यह एक तरह का सौदा था। वह इस सौदे में सर्वाधिक मुनाफ़े वाली जगह तक आना चाहता था। इसलिए वह इस बात को जान लेना चाहता था कि क्लाइंट क्या चीज़ है?

पिछली बार क्लाइंट के साथ मीटिंग थी। वह कैफ़े में बैठा हुआ था। क्लाइंट अटैची टाइप के दो सहयोगियों के साथ आया। काफ़ी यंग था। यानी इस पेशे में होने के बावजूद टार्गेट के प्रेशर में भी उसके बाल सर पर बचे हुए थे। उसने ध्यान से देखा भी कि कहीं विग तो नहीं है। मगर बाल वास्तव में बचे हुए थे। उसने कहा- "सर, पाँव फैलाकर बैठिए। जब ख़ुद को समझना हो तो किसी को कुछ मत समझिए।"

क्लाइंट ने उसको देखा। फिर दाएँ-बाएँ देखा और ईज़ी हो गया। पकाऊ-उबाऊ लंबी जानकारियों से भरे ब्यौरे देने वाले जोंकनुमा दलाल नौकरों की तरह उसने कुछ नहीं कहा।

"शुरू करें?" थोड़े इंतज़ार के बाद क्लाइंट के ऐसा कहते ही वह सीधा हुआ और बोला-"हमारी कंपनी के पास सात क्लाइंट हैं। ये सातों पिछले चार सालों में ग्रो हुए हैं। कंपनी जो काम करके दे रही है, उसे कोई भी करके दे सकता है। कम क़ीमत में भी दे सकता है। लेकिन आप ऐसी बातों और वादों में न फँसिए। कितना परसेंट आप बचा लेना चाहते हैं सिर्फ़ वह बोलिए। आपका काम हो जाएगा।"

क्लाइंट ने ज़रा भौंहें ऊँची कीं। एक बारगी अपने गले की माँसपेशियों को ऊपर नीचे किया। इतने बेहूदा तरीक़े से अटेंड किए जाने और इतना स्ट्रेट फॉरवर्ड होने के कारण लगभग उखड़ जाने जैसे हाल से गुज़रते हुए क्लाइंट ने बताया कि उसकी कंपनी को क्या चाहिए।

उसने कहा- "हाँ ठीक है। आप भी मेरी तरह किसी और की कंपनी के लिए ही काम करते होंगे। मालिक थोड़े ही हैं। जितने में बात बन जाने का भरोसा या उम्मीद लेकर आए हैं, वह बोलने में कोई हर्ज नहीं होना चाहिए।"

एक बड़ी बिज़नेस डील बिना डन हुए अटक गई थी। वह जानता था कि अटक जाना अच्छा है।

"आई थिंक दिस मीटिंग इज़ ऑफ़िसियली ओवर।"

क्लाइंट ने कुछ कहने के लिए कई बार मुँह खोलने की कोशिश की मगर वह खुला नहीं।

उसने तुरंत कहा- "जाने दीजिए सर। इस शहर में पहली बार आए हैं तो मेरे साथ चलिए और कई बार आए हैं तो ज़रूर चलिए। आपका काम हो चुका है। अब मेरे साथ लंच हो जाए। ऐसी जगह चलेंगे जहाँ आप पिछले पंद्रह सालों से नहीं गए होंगे।"

पंद्रह साल का अनुमान उसने उस क्लाइंट के चेहरे-मोहरे को देखकर लगाया था। क्लाइंट कुछ कहता उससे पहले ही उसने कहा- "कंपनियाँ एम्प्लॉई को लॉयल होने के बदले एक बधिया बैल बनाती हैं, जो उम्र भर बोझा ढोने के काम आता रहे।"

वह क्लाइंट को रेलवे स्टेशन के पास की एक पतली गली में ले आया।

क्लाइंट की दोनों अटैचियाँ होटल जा चुकी थीं। वे कैब से उतरकर सड़क किनारे की पतली गली के आगे खड़े थे। मोटरसायकिलों और ऑटो रिक्शाओं ने सँकरी गली का आधे से ज़्यादा रास्ता रोक रखा था। वे किसी साँप की तरह टेढ़े-मेढ़े चलते हुए एक छोटे दरवाज़े के सामने आकर रुक गए। एक ढाबा था। पतला लंबा ढाबा। मसालों की तेज़ गंध

से भरा हुआ। वे दोनों आख़िर की एक पत्थर की बेंच पर बैठ गए।

फ़र्श चौकोर पत्थरों के टुकड़ों से बना था। जबकि छत आधी मज़बूत और आधी चद्दरों से ढकी थी। गर्मी से बचने के लिए चद्दरों की छत के नीचे सींक की चटाई लगाई गई थी। किसी भी आधुनिक रेस्तराँ से हटकर ये एक ऐसी जगह थी, जो याद दिलाती कि एक ही दुनिया में अनगिनत दुनिया बसी होती हैं। खिड़की के ऊपर दीवार में छेद करके एक एग्ज़ॉस्ट पंखा लगा था। उसी की आवाज़ थी। बाक़ी का सारा शोर बाहर गली से आ रहा था। खाना लगाने के लिए रखे हुए नौकरों ने उन दोनों की तरफ़ देखा ही नहीं।

उसने कहा- ''आख़िरी बार बीवी के साथ जो फ़िल्म देखी थी, उसके बारे में आपको कुछ याद है?''

क्लाइंट कुछ कहता, उससे पहले ही वह मुस्कुराने लगा। उसने ख़ुद ही कहा कि मुझे तो ये भी याद नहीं कि आख़िरी बार उसके साथ सोया था तब हुआ क्या था।

क्लाइंट की आँखों में चमक आई। उसने पूछा- ''शादीशुदा हो?''

उसने कहा- ''नहीं। आपके तो बीवी बच्चे होंगे ही?''

क्लाइंट अपने परिवार के बारे में बताने लगा। उसके मुँह से कोई टुकड़ा गिरते-गिरते बचा। वे दोनों स्टील की दो थालियों में काग़ज़ी रोटियों पर रखा हाँडी मटन खा रहे थे। उनकी अँगुलियाँ ग्रेवी से भरी हुई थीं। वे दो बैलों से दो आदमियों में ढल गए थे।

क्लाइंट को लग रहा था कि विलुप्त हो चुके उसके हाथ वापस लौट आए हैं।

उस रोज़ क्लाइंट अगर उसे कुछ भी बिजनेस देकर न जाता तो भी वह दोपहर बहुत अच्छी थी।

* * *

ये कुछ महीने पहले की एक शाम की बात थी। नमिता उससे पहले आ चुकी थी।

मौसम में सीलन थी। पहने हुए कपडे छू लें तो अचरज होता कि किसने इतना पानी हवा में घोल दिया है। यहाँ बारिशें इसी तरह आती थीं। पानी बरसता ही रहता था। एक बार शुरू होता तो फिर रुकने का नाम ही नहीं लेता था। सब लोग परेशान और दुखी हो जाते तब भी बाहर लगातार बारिशें हो रही होतीं। क़ुदरत का हाल भी रोने की ख़राबी से भरे हुए दिल-सा ही था। दिन बिस्तर पर रह गई टूटी हुई चूड़ी के टुकड़े से चुभा करते थे। सालों पहले की शामें अक्सर तन्हाई में दस्तक देती रहती थी। मन के घिसे हुए ग्रामोफ़ोन से निकली ध्वनियाँ भ्रमित ही करती थीं।

उसने देखा कि नमिता ने एक नज़र भर उठाई और फिर से अपने काम में लग गई।

नमिता और उसके बीच ऐसा कौन-सा काम आकर बैठ गया है? वह आया है और उसको दो बात पूछ लेनी चाहिए। किसी के घर में आने पर कुछ बदलना तो चाहिए। उसको उठना चाहिए था या फिर वह अपना काम रोककर कुछ देर के लिए उसकी ओर देखती हुई आराम भी कर लेती। किसी के होने का फ़र्क़ भी मालूम होता। किसी के आने से, आने का आभास बुना जाता। वह सोचता है कि क्या वह अपने फ़्लैट में आ गया है? क्या वह नमिता को देख रहा है? क्या वास्तव में वह किसी काम में लगी है?

उसकी दोपहर अच्छी थी। इसलिए कि सुबह उसने नौकरी में नयी जगह पाने या अलविदा कहने का पहला पार्ट पूरा कर लिया था। वह नमिता को बताना चाहता था कि आज क्या हुआ था। दफ़्तर की कैंटीन में उसके पास से उठकर जाते हुए बॉस की टाँगों में किस तरह शिकार के पीछे भागकर ख़ाली हाथ लौट रहे चीते जैसी चाल उतर आई थी। वह इसी बात को शेयर करना चाहता था। वह चाहता था कि नमिता से कहे कि लालच की दुनिया में आदमी एक-दूसरे को नहीं वरन एक लालच ही दूजे लालच को काटता है।

जूतों के तस्मे खोलते हुए उसे अचानक दिखाई दिया कि नमिता आँगन पर लेटी हुई है। उसकी पालथी वैसी ही है मगर पीठ आँगन पर

टिकी हुई है। वह वहीं से उसको देख रही है। बिना करवट लिए हुए लगभग आँखें पीछे की ओर घुमाए हुए। जो इतना ठंडा मौसम था, उसमें कुछ गर्मी आई। उसको लगा कि नमिता का दिल धड़का है।

उसने एक कुशल तैराक की तरह लंबी डाइव लगाई। अब उन दोनों के चेहरों के बीच एक-दो अँगुल की दूरी बची थी। नमिता लेटी रही। उसने भौंहों के इशारे से कि पूछा कि कैसे हो?

वह मुस्कुराया। पुरानी बची हुई शिनाख़्त के सहारे कहा- ''तुमको ख़ुद नहीं पता कि तुम्हारे कितने चेहरे हैं? अभी तुम यहाँ थी ही नहीं। दम भर पहले मुझे तुम्हारी यही सूरत उदास लगी।''

चुप्पी में उसकी आँखें और भी बहुत कुछ बोल रही थीं। आँखों की इन्हीं बातों को नमिता की आँखें सुन रही थीं। एक ख़ामोशी थी। सीलन भरे कपड़ों की गंध थी। एक आँगन था बेहद ठंडा। उन दोनों की आँखों के बीच एक गरम दुनिया बसी थी।

नमिता ने अपनी अंगुली से इशारा किया। जिस तरफ़ अंगुली थी उस तरफ़ एक पेंटिंग थी। नमिता ने कहा कि अधूरी है। वह चौंका कि अगर उसे नमिता ने इसके अधूरे होने के बारे में न बताया होता तो वह नहीं जान पाता कि ये अधूरी है।

अपनी नज़रों को पेंटिंग से नमिता की आँखों पर लौटाकर उसने कहा- ''इसे समझाओ।''

नमिता ने कहा- ''समझो।''

उसकी जानकारी शून्य थी। वह अगर पेंटिंग्स के बारे में जानने का काम शुरू करता तो शायद कई साल इसी काम में बीत जाते। इसलिए हर बार नमिता को कहता, मुझे नहीं समझ आता। तुम ही समझाओ। यही बात उसने नमिता से कही- ''समझाओ।''

नमिता ने कहा- ''ये एक ज़िंदगी है। सारी चीज़ें ओवरलैप हो गई हैं। इसमें कोई काम परफ़ेक्ट नहीं है। इसमें स्थायित्व नहीं है। इसकी भाग-दौड़ अनियत है।''

उसने नमिता की हथेली में अपनी एक अंगुली घुमाई। जैसे खुले

जंगल में कच्चा रास्ता चलता है।

"हाँ, मुझे कुछ नहीं आता। अब्बू कहते थे कि गणित दुनिया की कुंजी है। मैंने गणित पढ़ी। जब इंजीनियर हो गया तब मालूम हुआ कि दुनिया में इंजीनियरों के काम के लिए जगह बची ही नहीं है। सारी दुनिया में इतना कुछ बनाया जा चुका है कि ख़ाली जगह ही नहीं है। इसलिए मैंने आगे व्यापार पढ़ा। अब क्लाइंट पटाओ का कारोबार करता हूँ। तुम्हारी तरह सिनेमा, कहानी, कविता, मोर्चा कुछ आता नहीं है।"

नमिता उसको चुप निगाह से देखती। वह आँगन पर लेटा हुआ था। आँगन पर दुनिया समतल दिख रही थी जैसे कि ज़िंदगी आसान हो गई हो। वह अगर इस बातचीत को बंद करके नमिता के और पास सरक सकता तो ज़िंदगी रुमानी भी हो सकती थी।

अपनी छोटी-सी पहाड़ी लोगों जैसी आँखों को और ज़्यादा मींचे हुए, वह नमिता को देख रहा था।

नमिता ने कहा- "मुझे लगता है कि हम सबके भीतर एक रूह होती है। हम सब उससे बातें किया करते हैं। उस वक़्त जब कुछ ख़ास क़िस्म के दुःख हम महसूस करते हैं, वे दुःख वास्तव में हमारे द्वारा किए गए ग़लत कामों की परछाईं होते हैं। वे हमारे भीतर उतर आते हैं। उनको महसूस करना ही आत्मा को महसूस करना है।"

रूह के बारे में कही इस बात को सुनते हुए उसे सिर्फ़ बॉस, क्लाइंट और मसालों की ख़ुशबू से भरी ग्रेवी की याद आई। उसने सोचा कि मैंने कुछ ग़लत किया होता तो शायद दुःख होता। एक परछाईं भी उसके भीतर उतर आती। मैं भी ये महसूस कर पाता कि आत्मा हुआ करती है। मगर उसने कोई ग़लत काम किया ही नहीं था शायद। या वह ग़लत कामों से बहुत दूर था। उसे कुछ समझ नहीं आया कि क्या कहना चाहिए इसलिए उसने कहा- "हाँ, तुम ठीक कहती हो।"

नमिता ने इस बार आँखें नहीं फेरी। ये देखकर उसकी उदास आँखों में चमकती ख़ुशी की एक लहर आई।

उसने कहा- "एक बात मैं भी तुमसे कहना चाहता हूँ।"

नमिता ने उसकी तरफ़ देखा।

वह कोहनियों के बल थोड़ा आगे सरका और बोला– ''प्रेम करने के लिए होंठों को चूमने की ज़रूरत होती है।''

* * *

वे दोनों रसोई वाले कोने में खड़े हुए थे। वह डिश वाश करने में लगा था। नमिता कुछ पका रही थी। हरी मिर्च चॉप करके रखी हुई थी। हरा धनिया की पत्तियाँ चॉपिंग बोर्ड के पास थीं। झाग लगे हाथों पर गिरते हुए पानी के बीच उसे ख़याल आया कि नमिता के होने से इस फ़्लैट में नयी-नयी ख़ुशबू आने लगती है।

उसने नमिता से कहा– ''मैं शायद कभी भूल भी जाऊँ मगर अभी तो याद है कि रात के बालकनी में उतरने के वक़्त हम लगभग रोज़ ही बात किया करते थे। एक दिन अचानक इससे तौबा हो गई। उस दिन के बाद मैं वैसे ही हर दिन ऑफ़िस में और हर रात को फ़्लैट में तन्हा होता था। एक कॉफ़ी का प्याला लिए हुए इसी खिड़की पर आकर बैठ जाता था''

उसने एक बार नमिता को देखा। नमिता उसे ही सुन रही थी।

उसने आगे कहा– ''यहाँ से पहाड़ी का मंदिर, आर्मी कैंट, एयरफ़ोर्स बेस को देखता था। यहीं से मुझे शहर से आती रोशनियाँ दिखाई देती थीं। उन टिमटिमाती हुई रोशनियों में मुझे तुम्हारी आवाज़ सुनाई देती थी। ऐसी आवाज़ जो मेरे बेहद क़रीब होती। मैं उससे लिपटकर ख़ुशबू से भर जाया करता।''

इस बार जब उसने देखा कि नमिता उसकी तरफ़ नहीं देख रही। वह अपना काम करने लगी। वह डर गया। जाने क्या बात थी कि उनके बीच का रुमान जाता रहा। वे अब उस तरह नहीं देखते। वे अब उस तरह नहीं मिलते। साथ रहते हैं मगर जाने कितनी ही बातें हैं, जिनके बारे में बात नहीं होती। वे दोनों कुछ कहना चाहते हैं मगर कोई नहीं कहता।

उन दोनों के बीच के संवाद बर्फ़ की तरह जम गए थे। कैसे पिघलते नहीं मालूम। एक अवचेतन की भाषा उन दोनों को क़रीब लाती मगर वह

बहुत अस्थायी हुआ करती। थोड़ी-सी देर बाद ये दोनों उसी रास्ते बढ़ जाते, जो उनको एक-दूजे से दूर ले जाता। उनके बीच के गहरे प्रेम के शब्द खो गए थे। वे स्थूल प्रकृति वाले शब्दों से ही काम चला रहे थे। इस तरह प्रेम की भाषा कुछ अजाने कारणों से निर्जीव होती चली गई। प्रेम के शब्द भोथरे हो गए।

इसी निर्जीवता में रसोई का काम पूरा हो गया।

उनके बीच कोई उत्प्रेरक नहीं था। इसलिए नमिता ने तय किया कि उन दोनों को बात करनी चाहिए। उसने कहा- "अब इस हाल में रहना मुश्किल है। मैं अपने ऊपर एक प्रेशर फ़ील करती हूँ।"

"तुमको मुझसे क्या चाहिए?"

"मुझे तुम्हारी ज़रूरत है।"

"मैं हूँ न!"

"तुम नहीं हो।"

"कैसे रहूँ?"

"ऐसे कि तुम मुझे मेरे लगो।"

"अब नहीं लगता हूँ तुम्हारा?"

"हाँ, नहीं लगते हो।"

"किसका लगता हूँ?"

"तुम सिर्फ़ कंपनी और पैसे के लगते हो।"

"तुम्हारा कैसे लगूँ?"

"ऐसे कि कभी उन दो चीज़ों को छोड़कर भी कोई बात किया करो।"

"कैसी बात, कहो मुझको?"

"कभी मेरे साथ शाम को बाहर सड़क पर टहलो। बेवजह कभी मुझसे मिलने अचानक आओ। कभी मेरे साथ फ़िल्म देखो। कभी मेरे काम की जगह पर भी आया करो। कभी ये भी पूछो कि मैं ये सब क्यों करती हूँ। कभी ये भी कहो कि तुम ज़िंदगी से क्या चाहते हो?"

नमिता ने इसके सिवा भी बहुत कुछ कहा।

उसने कुछ नहीं कहा। नमिता को अपने पास खींचा। उसे चूमने लगा। उसको बाँहों में भरकर ख़ूब सारा प्यार करता गया। नमिता ने कुछ नहीं किया। न विरोध, न समर्थन।

दूसरे दिन सुबह नमिता चली गई थी।

* * *

सड़क पर कुछ क्रेश होने की आवाज़ आई। उसने देखा कि रात के तीन बज चुके हैं। वह खिड़की के पास से उठकर रसोई की तरफ़ गया। कॉफ़ी की ख़ुशबू में उसकी याद थी। एक उत्तेजना भरी याद। वह हमेशा ही कॉफ़ी को पीने से पहले उसे सूँघता। ऐसा करने से वह अपने अंदर एनर्जी फ़ील करने लगता।

उसने मग लिया और फिर से खिड़की से बाहर झाँकने लगा। आख़िर यह खिड़की ही उसे बाहर की दुनिया से जोड़ती थी। वह कई बार सोचता था कि अंदर और बाहर की दुनिया क्या होती है? क्या दोनों में कोई फ़र्क़ हुआ करता है? हाँ, शायद। जैसे कि उसके अंदर की दुनिया में जो नमिता थी, उसे उसकी बाहर की दुनिया के लोग नहीं जानते थे। तो क्या वह अंदर की दुनिया के बारे में सोचना भूल जाता है?

उसे ख़याल आया कि क्या नमिता सो गई होगी?

इस ख़याल में उसे याद आया कि नमिता को गए हुए एक सप्ताह हो चुका था। आज वह उससे मिलकर आया था। नमिता ने उसे कहा कि वह जब चाहे फ़ोन कर सकता है। मोबाइल उसके हाथ से दूर नहीं था। वह चाह रहा था कि फ़ोन कर ले लेकिन दिन की मुलाक़ात के बारे में सोचता रहा। उसने नमिता को नहीं कहा कि वह लौट आए। न ही नमिता ने कहा कि तुम्हारे बिना कितना अकेला लगता है।

वे दोनों कॉफ़ी हाउस में बैठे रहे। नमिता ने कॉफ़ी लेने से पहले कहा– ''देखो, ये हमसे दो कॉफ़ी के कितने सारे रुपये वसूल कर लेंगे। हम कहीं भी बैठकर बात कर सकते हैं। तुम्हारे अंदर एक विलासिता... ''

इस बात को उसने अधूरा छोड़ दिया। इसलिए कि वह बहुत दिनों से उससे दूर थी। वह नहीं चाहती थी कि ये दो पल का मिलना भी ऐसे ही उसके बारे में उन्हीं शिकायतों में बीते। वे शिकायतें जिनको वह कभी सुनता ही नहीं। उसने उसकी तरफ़ ऐसे देखा जैसे कि तुमने कोई नई बात नहीं कही है। तुम हमेशा ऐसी ही बातें करती हो। वह शायद कहना चाह रहा था कि अगर तुमको जल्दी हो तो लड़ लो। यह एक और काम पूरा हो जाए। ऐसा सोचते हुए वह मुस्कुरा रहा था।

कॉफ़ी सामने रखी थी। नमिता ने कहा- "मैं तुम्हें एक कहानी सुनाती हूँ। एक पाँच साल के लड़के का बाप मर जाता है। उसकी माँ लड़के के चाचा से शादी कर लेती है। वहाँ की रीत शायद ऐसी ही होगी। उस लड़के के पाँच और भाई बहन दुनिया में आ जाते हैं। वह अपने घर का ख़र्च उठाने के लिए माँ और नए पिता के साथ दस साल की उम्र से मजदूरी करना शुरू करता है। मजदूरी करने के साथ ही स्कूल भी जाता है। वह चाहता है कि उसकी बहन विश्वविद्यालय तक पढ़ने जाए क्योंकि वह नहीं जा पाया। वह ऐसे सपनों को दिल में लिए गलियों में फेरी लगाकर सामान बेचते हुए वह बाईस साल का हो गया। एक रोज़ एक महिला ऑफ़िसर उसे कहती है, तुम एक ग़ैर-क़ानूनी काम कर रहे हो। ऐसा कहते हुए वह उसको सामान बेचने से रोक देती है। एक महीने के कुल घर ख़र्च से भी अधिक की राशि में उधार लाए गए सामान को ज़ब्त कर लेती है और उसे नपुंसक कहते हुए थप्पड़ मार देती है।"

नमिता ने देखा कि वह सुन रहा था। नमिता ने आगे कहा- "तुम कॉफ़ी पीते रहो। मैं कहानी पूरी करने के बाद कॉफ़ी लूँगी। वह लड़का सबसे बड़े स्थानीय अधिकारी को शिकायत करने जाता है। लेकिन उसकी शिकायत कोई नहीं सुनता। हर दफ़्तर से उसे लताड़ते हुए बाहर धकेल दिया जाता है। उसके पास जीने का कोई रास्ता नहीं होता है। तो रेल के आगे कूदकर कट जाता है या फिर तालाब में डूब जाता है या फिर फाँसी खा लेता है।"

नमिता ने पाया कि उसका स्वर काफ़ी ऊँचा हो गया है और लोग

उसे नोटिस कर रहे हैं। नमिता ने साँस ली और पूछा- ''ये किस शहर की कहानी हो सकती है?'' और ख़ुद ही कहा- ''अहमदाबाद की?''

उसने कहा- ''हाँ, हो सकती है।''

जोधपुर की, मदुरई, सतना, भागलपुर, जेपोर... ऐसे बीसियों नाम बोलने के बाद नमिता उसकी ओर देखने लगी।

उसने कहा- ''हाँ, हर शहर की... और हो क्या सकती है, ऐसा ही हो रहा है।''

नमिता ने कॉफ़ी का मग उठाया और पीने लगी। उसकी आँखों में कोई आशा उभर रही थी।

इसके बाद वे दोनों एक-दूजे को देखते रहे। फिर नमिता ने अपना सर सोफ़े पर टिका लिया।

कॉफ़ी पीकर बाहर सड़क पर आते ही नमिता उसके क़रीब होकर चलने लगी। नमिता ने एक बार उसके सिर के बालों में अँगुलियाँ घुमाईं।

''मैं तुमसे बहुत प्यार करती हूँ लेकिन तुम मेरे साथ रहना नहीं चाहते हो।''

वे दोनों पैदल चल रहे थे। उनको अपने-अपने रास्ते जाने के लिए अभी सौ से भी ज़्यादा क़दम एक साथ चलना था। उसने नमिता का हाथ अपने हाथ में लेते हुए कहा- ''मैं भी तुमसे बेहद प्रेम करता हूँ।''

नमिता ने अपना सिर ऐसे ऊपर किया जैसे कोई किसी झूठ बोल रहे अपराधी को देखता हो। नमिता ने कहा- ''अच्छा तो फिर मैं तुम्हारे साथ इसलिए नहीं रहती कि तुम्हें अभी तक इंसान का सम्मान करना नहीं आता।'' उसकी आवाज़ में भारीपन था और वाक्य पूरा होने से पहले ही कई बार टूट गया था।

जब उन दोनों को एक-दूजे का हाथ छोड़ देना था तब नमिता ने कहा- ''हालाँकि उस लड़के का नाम तारेक अल तैय्यब मुहम्मद बाऊज़िज़ी था। लेकिन नाम और देश से क्या फ़र्क़ पड़ता है? हमारे यहाँ भी पिछले साठ सालों से लोग ऐसे ही मर रहे हैं।''

नमिता ने अपने जूट के थैले से लाल रंग का सूती स्कार्फ़ निकालकर सिर पर बाँधा और धूप में ओझल हो गई।

* * *

रात वह जाने क्या सोचते हुए सो गया था। मग में आधी कॉफ़ी छूट गई थी। सुबह की आवाज़ें बीस मंज़िला इमारतों की छत तक चढ़ आई थीं। वह घर से बाहर जाने को तैयार बैठा था। दो-एक बार उसने ब्रेड पैकेट की ओर देखा फिर एकाएक उठा और लिफ़्ट से नीचे उतर आया।

ऑफ़िस के दरवाज़े पर उल्टे लटके हुए पंखे ने उसकी सारी धूल झाड़ दी। उसने जो खेल शुरू किया था, उसका नतीजा आज ही आना था। वह ठिठका। नाटे क़द वाले सीनियर से सामना होने से पहले उसने कुछ सोचा। क्या वह इस बिसात पर अपनी नौकरी को दाँव पर लगाकर अगली सीढ़ी चढ़ जाने की कोशिश करेगा? वह ठिठके हुए क़दमों से बढ़ता गया। क्या उसको इस नौकरी की ज़रूरत है? क्या वह इसे खोकर जो पाना चाहता है, वह उसे पा सकेगा?

वह उस कमरे में था। जिस कमरे में आने का पक्का वादा करके गया था। उसे मालूम था कि अब तक यह सब बताया जा चुका होगा कि उसका ट्रेक रिकॉर्ड कैसा है। वह किस तरह से क्लाइंट को ला सकता है। उसकी गणित कैसी है। उसका डाटा और बेलेंस पर कैसा कमांड है। इन सब बातों पर विचार करने के बाद कंपनी ने तय कर लिया होगा कि उसका क्या किया जाना है।

बॉस उसे देखकर मुस्कुराया नहीं। बॉस के न मुस्कुराने से उसे कभी फ़र्क़ नहीं पड़ा। वह एक बैल था जो अपनी कमाई ही खाता था। वह कहीं भी एक अच्छा बैल होकर कमाकर खा सकता था। कोई भी खेत उसके होने से ख़ुश ही होता। इसलिए बॉस का निर्विकार बैठे रहना उसके लिए कोई मायने न रखता था।

उसने दो बातें सोचीं। पहली कि नमिता घर लौट रही है दूसरी कि अब्बू जिन आदमियों को टिमटिमाती रोशनी हो जाना कहते थे, वह वही

हो जाए।

बॉस ने कहा- "आपकी छुट्टी मंज़ूर।"

उसने कर्टसी के नाते एक मुस्कान फेंकी। कोई चीज़ उसे रॉकेट की तरह ऑफ़िस से बाहर धकेलने लगी। वह उठकर बाहर आ गया। उसने नमिता को फ़ोन लगाया। शोर-शराबे के बीच उसे सिर्फ़ इतना सुनाई दिया, कमीश्नर ऑफ़िस। यहाँ से आयुक्त का कार्यालय बीस मिनट के फ़ासले पर था। वह ट्रैफ़िक के बीच से स्पाइडर मैन की तरह निकलता हुआ दौड़ने लगा। वह सोच रहा था कि काश उड़ सकने का हुनर भी इंसान के पास होता।

कमीश्नर कार्यालय के बाहर कचहरी के खुले मैदान में अनगिनत तख़्तियाँ हवा में लहरा रही थीं। बड़े-बूढ़े, नौजवान-नवयुवतियाँ और स्कूलों के बच्चे अपनी गणवेश पहने हुए कतार में बैठे थे। भोंपुओं की आवाज़ें ट्रैफ़िक के शोर को पछाड़ रही थीं। हवा में लहराती हुई मुट्ठियाँ थीं। एक लयबद्ध शोर था। वह बहुत बेचैन था और उसकी नज़रें नमिता को खोज रही थीं किंतु वहाँ असंख्य महिलाओं ने लाल रंग के स्कार्फ़ बाँधे हुए थे।

एक बचा हुआ शब्द जो उन्होंने कहा नहीं

ये उन दिनों की बात है जब माँ को फिर दिल की तकलीफ़ हुई। एक ऐसा दिल जिसने बच्चे से लेकर बूढ़े तक कभी किसी को ठेस न पहुँचाई थी। कमज़ोर हो चला था। कमज़ोरी की वजह शायद यह रही होगी कि उनका दिल औरों के दुखों को ख़ुद पर ही उठाता रहा।

अस्पताल के बिस्तर पर लेटे हुए माँ कुछ इस तरह देखती जैसे कि मेरे बस में हो तो तुम सब लोगों को यहाँ होने की तकलीफ़ ही न दूँ। घर में सबसे सहाय औरत का इस तरह असहाय हो जाना बाक़ियों को तो स्वीकार हो सकता था लेकिन उसे ख़ुद को कैसे स्वीकार हो पाता? इसलिए वह आदतन मुस्कुराती थी। ख़ूब आभार व्यक्त करती थी। वह एक हाथ से इशारा करती कि तुम आराम करो। मैं अच्छी हूँ। डॉक्टर से इस तरह मिलती जैसे सेहत का सब काम बन गया हो। डॉक्टर कहते कि अभी आप कितना भी मुस्कुराइए, जाने की इजाज़त नहीं मिलेगी।

माँ के बिस्तर के आप-पास, दाएँ-बाएँ या किसी कोने में खड़े या बैठे हुए रमन के सेलफ़ोन की घंटी बजी। उस तरफ़ से एक लड़की की आवाज़ के आने से पहले रमन आईसीयू से बाहर निकल आया। कणिका का फ़ोन था। इस फ़ोन से मुश्किल कुछ नहीं थी और मुश्किल में कमी भी कुछ नहीं थी। उसका फ़ोन आता तो बात करने लायक़ हाल नहीं रहता और फ़ोन न आता तो एक बेचैनी घेरे रहती कि वह जाने कहाँ है और क्या कर रही है ?

दुनिया के तमाम दुःख और सुख से दूर सुबह का अपना काम निपटाकर सफ़ाईवाला एक खंभे की टेक लिए हुए बैठा था। उसने आज का दिन हल कर लिया था। ज़िंदगी की जटिल पहेली के दिनों को रोज़ ही हल करना पड़ता है। सफ़ाईवाले की तरह काश! रमन के हाथ में कोई झाड़ू होता। वह सारे सवालों और मुश्किलों को बुहारकर कूड़ेदान में डाल देता।

रमन ने एक कोने में जाते-जाते फ़ोन रिसीव कर लिया। उधर से आवाज़ आई- ''मुझे बताओ करना बया है?''

आज की सुबह से कणिका का यह तीसरा फ़ोन था। पहला फ़ोन नींद में छूट गया। दूसरी बार जब फ़ोन आया तब उसने कहा कि वह ग्यारह बजे बात करेगी। अब दिन के ढाई बजने को आए तब उसने पुकारा।

फ़ोन जारी रहा। वे फ़ोन पर इस तरह से बात कर रहे थे, जैसे बसे-बसाए शहर को फिर से तरतीब में ला रहे हों। बात अटकी हुई थी। शहर की मीनारों और दीवारों की नक़्क़ाशी की बात बहुत दूर थी। वे तो अभी नींव पर ही थे।

कैसे बसते जाते हैं शहर, बेढब, बेसलीक़ा और बेहिसाब! बस ऐसा ही उनका रिश्ता था। कुछ बेतरतीब पत्थर पड़े हुए थे। अगर कणिका की माँ को रमन और कणिका के इस हाल के बारे में कुछ मालूम होता तो वे कहतीं कि ये पत्थर नींव में नहीं तुम्हारी तक़दीर में पड़े हुए हैं।

रमन और कणिका की बात कहीं नहीं पहुँचती थी। फ़ोन के उस तरफ़ से जो बात आती, उससे रमन असहमत था और इस तरफ़ से जो

बात जाती उसे कणिका बेहूदगी कहती थी। रमन एक हाथ में फ़ोन पकड़े हुए था, दूसरे हाथ से अस्पताल के आईसीयू वार्ड के बाहर लगी जाली को। उसकी अँगुलियों में लाल निशान पड़ चुके थे। वह अपनी अँगुलियों को देख रहा था। लाल लकीरें साफ़ थीं और बातें सब धुँधली। वे दोनों एक-दूसरे से जो कह रहे थे, उस पर किसी एक को भी सहमती न थी। दोनों के अपनी क़िस्म के विरोध और संदेह थे।

अपने हाथ को देखते हुए रमन ने सुना- ''मेरी बात सुनो प्लीज़। देखो, बात को समझो। जैसा सोच रहे हो वैसा कुछ नहीं है। ही इज ए फ्रेंड ओनली, व्हेन ही वाज इन एकेडमी ही यूज्ड टू कॉल मी। वाई डोंट यू ट्राई टू अंडरस्टेंड!'' उसका स्वर बुझा-बुझा था। लेकिन बुझने से ज़्यादा उकताहट से भरा हुआ।

रमन ने उसी की एक बात को दोहराया जो अभी थोड़ी ही देर पहले कही गई थी- ''तुमने कहा न कि इट इज मोर देन फ्रेंडशिप एंड लेस देन लव।''

कणिका ने कहा- ''हाँ कहा तो। तुमको इसमें क्या ग़लत लगता है?''

रमन ने यह कहते हुए फ़ोन काट दिया कि अब मुझमें तुम्हें सुनने की और हिम्मत नहीं है।

वह अस्पताल के चक्कर काटने की थकान से परेशान था। रात भर माँ के पास जाग रहा था। ये उनका तीसरी बार आया दिल का दौरा था। इसलिए इस बार शायद उनको दर्द की शिकायत का मौक़ा भी न मिलेगा। यही सोचकर वह कई रातों से जाग रहा था।

उसने चाचा से कहा- ''मैं ऑफ़िस जा रहा हूँ।'' यह कहता हुआ वह अस्पताल परिसर से बाहर को चल दिया।

कार में बैठते ही दरवाज़ा बंद करते समय उसे लगा कि किसी ने पुकारा है।

उसका मन उखड़ा हुआ था। उसका हाल ऐसा न था कि कोई जान-पहचान का आदमी मिले और वह सिलसिले से बताए कि माँ इस हाल में

किस तरह आई और अब कैसी है। उसका अपना रोग इतना बड़ा था कि वह जल्द ही अस्पताल के मुख्य दरवाज़े के आगे लगे हुए कैटल कैचर को पारकर चौराहे तक पहुँच जाना चाहता था। वहाँ से किसी भी तरफ़ मुड़ा जा सकता था।

वह ठेलों, गायों से बचता हुआ, अस्पताल के आगे जूस बेचने वालों के बीच से रास्ता बनाता हुआ बाहर आ गया। अस्पताल पीछे छूट गया था। हालाँकि वह कणिका से भाग रहा था लेकिन कणिका उससे बहुत दूर एक दूसरे शहर में थी। उसे ऐसा लगता रहा कि अस्पताल से बाहर आते ही सब ठीक हो जाएगा।

एक ऐसी मुश्किल जो सिर्फ़ बातों से नयी शक्ल ले रही थी। इस भाग-दौड़ से उस वक़्त बाहर आया, जब उसने ख़ुद को गाड़ियों की भीड़ में घिरा पाया। एक बड़ी लारी वाला सब का रास्ता रोके खड़ा था।

सामने कणिका का घर दिखाई दिया। पिछले डेढ़ साल से ख़ाली पड़ा हुआ घर।

उसे पहली बार यहीं देखा था। तब वह एक लड़के से उलझी हुई खड़ी थी। रमन को देखते ही बोली- "ये लड़का भी अजीब है, सीधा घुसा चला आया।" लड़का अपनी बाइक के स्क्रेच देख रहा था और वह उसे डाँट रही थी।

उसने लड़के को भूलकर रमन से कहा- "आप घर जा रहे हैं?"

कणिका को लगा कि वह उसे पहचानता नहीं है। इसलिए कुछ ही पलों में ज़रा से विस्मय से कहा- "पहचानते नहीं? अरे डेनियल सर की बेटी हूँ।"

वह चुप देख रहा था और सोच रहा था कि क्या कहे? तभी वह फिर बोली- "आप हमारे स्कूल में पढ़े हैं, भूल गए क्या? मदर मैरी स्कूल। अरे हम लोग यहाँ से शिफ़्ट हो गए थे बाद में। इसलिए शायद आपको याद नहीं।"

जब वे दोनों इस तरह के सवाल-जवाब कर रहे थे, उससे कोई महीना भर पहले रमन ने अपने बॉस को एक क़िस्सा सुनाया था।

वो क़िस्सा इस तरह था कि आज रास्ते में एक सुंदर लड़की देखी। इस क़िस्से की यह पहली पंक्ति ही सच थी। आगे जो सुनाया वह सारा झूठ था। झूठ इस तरह था कि उस लड़की ने भी मुझे देखा। उसकी आँखों में शरारत थी। उसने सामने से गुज़रने के बाद मुड़कर भी देखा। वह लड़की कल फिर उससे मिलने वाली है। अगले दिन वह फिर उसी गाँधी सर्कल से बाईं तरफ़ की गली के छोर पर उसी लड़की से टकराया। तीन दिन बाद और ग़ज़ब हुआ कि वह लड़की फिर से मिली। आह सर! कुछ होने वाला है।

उसके बॉस ने कहा तुम स्मार्ट आदमी हो, बेचारी यूँ ही मर जाएगी। बॉस के चेहरे पर मुस्कान आई– "मुझे भी दिखाओ कैसी दिखती है?" हल्की झुर्रियों से भरा हुआ एक पचपन साल का चेहरा बेहद ख़ुश दिख रहा था। यह उनकी शरारत भर थी। इसलिए कि बॉस और रमन के बीच तीस साल के फ़ासले के बावजूद दोस्ती जैसा कुछ था।

यह वही लड़की थी।

कणिका को सामने देखते हुए उसने इस तरह ज़ाहिर किया जैसे कि बड़ी शर्मनाक बात हुई। वह इस लड़की को कैसे भूल सकता है। उसने कहा– "हाँ, सब याद है मगर इस तरह अचानक देखा तो समझ नहीं पाया।"

उसे लगा कि लड़के को डाँटने के लिए आवाज़ दी गई है। उसने इधर-उधर देखा लड़का अपनी बाइक लेकर जा चुका था।

कणिका ने कहा– "घर पर कौन होगा आपके? मुझे गुड़हल के फूल चाहिए। सिर्फ़ दो ही।"

रमन ने कहा– "घर पर माँ होती है।"

उसने कहा– "मैं अभी आती हूँ।"

वह घर पहुँचा तो सोचता रहा कि कणिका ज़रा-सी देर में फूल लेने को आती होगी। इस बीमारी के हाल में माँ को वह काम करने नहीं देता और ख़ुद को समय मिलता नहीं इसलिए सारा काम बिखरा पड़ा रहता है। उसने घर में घुसते ही कई दिनों से धोने के लिए पड़े हुए कपड़े मशीन में

डालकर छुपाये। जूतों को रैक में रखा। किताबें क़रीने से सजाई। इधर-उधर बिखरे पड़े मोबाइल और फ़ोन के बिल टेबल की दराज़ में डाले और सुबह पी हुई कॉफ़ी का ख़ाली मग रसोई के सिंक में रखा।

बस तभी डोरबेल बजी। खिड़की से देखा तो वह बाहर खड़ी थी।

रमन ने दरवाज़ा खोला। उसने तुरंत परिचय दिया- ''मेरी बुआ की बेटी है। डिजू नाम है इसका। बारहवीं में पढ़ती है।''

चारों तरफ़ निगाह डालते हुए बोली-''ज़रा जल्दी में हैं हम लोग। आपने कहा इसलिए अंदर आ गए। दो फूल के लिए आपको कष्ट दिया।'' इतना कहते हुए वे दोनों बहनें एक-दूजे को देखकर मुस्कुरा भी रही थीं।

उन्होंने फूल लिए और चली गईं। रमन के लिए यह आने वाला पल, जाने वाले पल में तब्दील हो गया था।

असल में रमन की याद में बची हुई ये ही पहली, ठीक और संक्षिप्त मुलाक़ात थी। वह अपने बचपन के उन दिनों को भूल चुका था, जब कणिका के पापा के पास पढ़ने के लिए जाया करता था। वे इंग्लिश ग्रामर के बेताज बादशाह थे। सुना था कि अंग्रेज़ जाते समय सारी विद्या डेनियल सर को दे गए थे। इसका प्रमाण था डेनियल सर के घर के बाहर गली में लगा हुआ एक काला बोर्ड। उस पर सफ़ेद और गुलाबी चॉक से अंग्रेज़ी के ऐसे अक्षर लिखे रहते जैसे किसी ने वन लताओं को क़रीने से काट-छाँटकर कोई सुंदर लिपि बनाई हो। ऐसी अंग्रेज़ी की नक़ल सिर्फ़ पेंटर घनश्याम ही उतार सकता था। उस कैलिग्राफ़ी की याद के जंगल में उसे नन्ही कणिका की कोई शक्ल याद नहीं आई थी। उसे याद आया कुछ दिन पहले एक बार उसको देखना और फिर कई बार देख लेने का झूठा क़िस्सा बॉस को सुनाया जाना।

फूल लेकर वे दोनों बहनें चली गईं। वह कुछ देर उनको जाते हुए देखता रहा था। अचानक उसे अफ़सोस हुआ कि झूठे क़िस्से को और ज़्यादा बनाना चाहिए था। क्या मालूम वह जो कहता शायद सच हो जाता!

इस मुलाक़ात को याद करते हुए उसके चेहरे पर उतर आई स्वाभाविक मुस्कान बुझ गई। वह अस्पताल से ऑफ़िस जाने का कहकर निकला था लेकिन बेख़याली में घर चला आया। संभव है कि कणिका की याद के रास्ते ने उसे इस तरफ़ बुला लिया था।

फ़ोन फिर से बज रहा था। जैसे बारिश से उकताए शहरों के आसमान से कई बार बादल विदा होने का नाम नहीं लेते। ज़रा देर को आसमान खुलता है और धूप की उम्मीदों पर फिर से स्याह रंग चढ़ने लगता है। फिर वही सीला मौसम घेर लेता है। ऐसे ही फिर से कणिका का फ़ोन– "अब मैं बताती हूँ। उसका फ़ोन आया एक दिन मेरे पास। बोला, मैं आपसे मिलना चाहता हूँ सिर्फ़ पाँच मिनट के लिए, प्लीज़ ना मत कहना। उसकी रिक्वेस्ट सुनकर मैंने हाँ कर दी। वो बहुत दूर से ड्राईव करके सिर्फ़ मुझसे मिलने आ रहा था। सुन रहे हो न? मैंने उससे कहा मैं यहाँ ज़्यादा देर नहीं मिल सकती हूँ। तब उसने कहा मेरी गाड़ी में बैठकर बात कर लेंगे। सुनो, मुझपर विश्वास है न तुमको। मैं सिर्फ़ दो मिनट ही उसकी गाड़ी में बैठी। उसने मुझे बुके दिया और फिर कहा कि आपके घर से ही प्रपोजल है और आप मुझे पसंद हैं।"

"तो एक्सेप्ट कर लेती!"

"बेहूदा बातें मत करो। मैं उसका बुके वहीं छोड़ आई।"

कणिका ने जो कुछ भी कहा, रमन उसे सुनता रहा। रमन कुछ नहीं बोला। वह अपने घर के बाहर कार में ही चुप बैठा रहा। उसके पास बोलने को कुछ नहीं था। दोपहर की धूप थी और उसे अपनी कार को मोड़कर ऑफ़िस ही जाना था। वह रास्ता भूल गया था। या एक पुराना रास्ता उसे अपने पास खींच लाया था। इसलिए कि कणिका से मिलने आने का रास्ता यही था और यह रास्ता उसकी आदत में शामिल था।

जब वह ऑफ़िस से लौटा तब शाम हो चली थी। जिस तरह ज़िंदगी में दुःख के पहाड़ होते हैं, वैसा ही एक पहाड़ शहर के पश्चिम में खड़ा था। उसकी ओट से आ रही डूबते सूरज की रौशनी मद्धम पड़ती जा रही थी। रमन की उम्मीदें भी आहिस्ता-आहिस्ता डूब रही थीं। इस डूबती

रौशनी के साथ हर पल लग रहा था कि कणिका दूर से दूर होती जा रही है।

आज जो सूरज डूब रहा था, वह एक साल और चार महीने पहले उगा था।

बॉस को सुनाए गए झूठ-मूठ के मिलन वाले क़िस्से के बाद एक शाम की बात थी। शास्त्री सर्कल से एक किलोमीटर आगे बाईं तरफ़ के बाज़ार के बीच एक रेस्तराँ था। उसी कैफ़े-इन के बैकयार्ड में क़ुदरती पत्थरों वाली मेज़ें और कुर्सियाँ बनी हुई थीं। वह वहीं बैठा हुआ था। मौसम अच्छा था। कोने में लगा एक पंखा बारिश से भीगी मिट्टी की ख़ुशबू को अंदर की तरफ़ खींच रहा था। यहीं पर फिर से कणिका ने ही आवाज़ दी थी। ये दूसरी मुलाक़ात ऐसे हुई जैसे बरसों पुराने दोस्त मिले हों- "आप यहाँ! क्या बात है ? ऐसा तो सोचा ही नहीं था कि इतनी जल्दी आपसे मुलाक़ात हो जाएगी।"

रमन ने अपना हाथ आगे किया- "हेलो!"

उसने 'हाय' कहते हुए हाथ मिलाया। यह पहला स्पर्श था।

देर तक दोनों एक-दूसरे को देखते रहे। फिर दोनों एक साथ बोले- "आप"। बात यहीं रुक गई।

"कॉफ़ी ?"

"न, अभी गोलगप्पे खाकर आए।" यह कहते हुए कणिका का मुँह भी गोलगप्पे जैसा दिख रहा था। "और थैंक यू, वे फूल डिज़ू को प्रोजेक्ट के लिए चाहिए थे।"

"अच्छा।"

जिस गर्मजोशी से वे दोनों मिले, वह अचानक ठंडी पड़ गई थी। उनके पास करने को कुछ बातें ही नहीं थी। ना, ना के बीच उन तीनों ने कॉफ़ी पी। विदा होते समय कणिका ने बहन के आगे निकल जाने का इंतज़ार किया फिर बोली- "आपने मेरे सामने अपना हाथ क्यों बढ़ाया ?"

रमन ने ज़रा हँसते हुए कहा- "आप अच्छी लगीं।" और पूछ बैठा

“आपने थामा क्यों?”

उसने कोई जवाब नहीं दिया। अपनी भौंहें तिरछी करते हुए कुछ इशारा किया और चल दी।

इसके बाद कुछ महीने बीत गए। इन महीनों में क्या किया, कैसे जिया का कोई हिसाब न था।

हम देखते हैं कि सुबहें नम होती हैं, दोपहरें गरम और शामें अक्सर थकी हुईं। मन का कच्चा-सा भी भरोसा नहीं होता। रमन का मन जो सदियों से रेगिस्तान था, उसमें रह-रहकर उन दो मुलाक़ातों की ठंडी हवा बहने लगी थी। इसे साफ़ कहा जाए तो यह कुछ ऐसा था कि वह कणिका को बाँहों में भर लेना चाहता था। हो सकता है कि यह इतना भर ही न था। कभी उसे लगता कि वह क्यों आएगी उससे मिलने और क्यों वह उसे छू लेने देगी?

उस मुलाक़ात को शायद कुछ ही दिन हुए थे किंतु लगता था कि महीने बीत गए हैं। उन्हीं कुछ महीनों के बाद एक शाम उसके मोबाइल पर बीप की आवाज़ आई। एसएमएस। “हाय स्मार्टी! ;)”

रमन उसे पढ़ते हुए मुस्कुराता रहा। बेहिसाब और अनवरत मुस्कान। लौट-लौट आने वाली मुस्कान। वह किसी दीवार को चूम लेना चाहता था। वह किसी दरख़्त को बाँहों में भर ही लेता। अगर दीवार और दरख़्त उसकी बात सुन सकते तो वह उनको सारी बातें बताना चाहता था।

यह ख़ास बात थी कि उसका एसएमएस आया। इससे भी ख़ास था कि उसको स्मार्टी कहा गया और उससे ज़्यादा ख़ास बात थी कि उसमें एक दिल और बंद आँख वाली स्माइली बनी हुई थी। वह सोचता रहा कि काश! किसी से भी यह क़िस्सा शेयर कर सके। उसने सोचा कि बॉस को बताया जाए। ख़ुद को हिदायत भी दी की बॉस को वह सब कुछ बताए जो वह चाहता है कि हो। और फिर...

इस एसएमएस वाले सीन के कुछ दिन बाद अचानक उसका मन बदल गया। जो बातें वह सबसे शेयर करना चाहता था उनको छुपाना शुरू कर दिया। रमन और कणिका बातें करते थे। ख़ूब सारे एसएमएस

भी। अब जो कुछ भी घट रहा था वह कणिका और रमन का निजी था। ये दो लोगों के बीच की एक छुपी हुई चीज़ थी। यह जो सीन था, इसमें एक बड़ा घुमाव प्रतीक्षा कर रहा था। हवा में उछाले हुए सिक्के की अनिश्चितता जैसा कि जाने किस रुख़ गिरे। उसकी और कणिका की अगली मुलाक़ात वाला दिन डायरी में दर्ज होना था। इसलिए कि एक साल में कितने दिन और कितने महीने? इसका कोई हिसाब न था। मगर कणिका के पास एक डायरी थी। उसमें प्रिंटेड तारीख़ों पर अलग-अलग ढंग के निशान बनाए जाते थे। जिस तरह गणित वाले स्क्वायर लिखते हैं, वैसे ही तारीख़ों पर अंक लिखे हुए थे। किसी तारीख़ पर सत्ताईस लिखा था माने कणिका और रमन ने एक-दूजे को उस दिन इतने मैसेज किए। किसी तारीख़ के नीचे लाइन खींची हुई थी, माने वे मिले।

अगली मुलाक़ात में रमन ने कणिका के कंधे पर हाथ रखा। कणिका चिल्लाई- "हाउ डेयर यू? स्टे अवे"

उसने अपना बैग उठाया और घूरती हूई वहाँ से चली गई। रमन अचरज से उसे जाता हुआ देखता रहा। कणिका के ऐसा करने के अचंभे में वह वहीं ठहर गया था। घर पर अगर कोई इंतज़ार न कर रहा होता तो वह उम्र भर वहीं बैठा रह जाता। वह इस हादसे को अपने साथ उठाए हुए घर पहुँच गया। इसलिए कि माँ अक्सर ताना देती है, बाप बेटे में होड़ लगी है कि कौन देर से घर पहुँचे। इसके आगे और भी ज़ुल्म भरी बात कहती- "बेटा तुझे तो मैंने जन्म दिया है। तू तो आया कर टाइम से। देख लिया कर कि घर कितना सूना है।"

कणिका ने घर पहुँचकर उस तारीख़ को एक गोल घेरे में डाल दिया। उस घेरे में दो लाल आँखें थीं। यह नया संकेत था। जो कणिका की डायरी में पहली दफ़ा आया।

इस अपरिभाषित दुर्घटना के सातवें दिन कणिका का फ़ोन आया। ग़ुस्से और शिकायत में बोली- "तब छूने के लिए उतावले हो रहे थे और फिर सात दिन तक याद भी नही आई? मेरे लिए एक एसएमएस तक नहीं कर सकते थे?"

रमन की ऊँ, आँ, वो और क्या के बीच कणिका ने कहा- "अभी घर आ सकते हो? और इसका जवाब है कि तुम आ रहे हो। सुनो... मैं इंतज़ार कर रही हूँ। ठीक तीन बजे आना अभी आधा घंटा है ओके बाय।"

रमन का दिमाग़ औंधे पड़े ख़ाली घड़े जैसा हो गया। लेकिन उस दिन से घबराए मन को इसी ठिकाने आराम मिल सकता था।

कणिका के घर पर कोई नहीं दिखा। अब डर और बढ़ गया। पूछा- "सब कहाँ है?"

कणिका ने उसके चेहरे से नज़रें हटाए बिना कहा- "मम्मी-डैडी आउट ऑफ़ स्टेशन, बहन दूसरे कमरे में।"

कोल्ड ड्रिंक लेने के दौरान दोनों में कुछ ख़ास बात नहीं हुई। फिर वह बोली- "मुझे छूना चाहते थे न? लो अब छुओ।" यह कहते हुए अपना हाथ आगे बढ़ा दिया। रमन हतप्रभ उसे देख रहा था। कणिका ने अपना हाथ बढ़ा कर रमन का हाथ पकड़ लिया।

फिर देर तक चुप्पी।

"मैंने सोचा ये सही नहीं है।"

"पहले क्यों नहीं सोचा?"

दोनों के बीच फिर से चुप्पी। वे एक-दूजे का हाथ थामे हुए थे। जब हाथ छूट गए तब वे दोनों जिस सोफ़े पर बैठे थे, उसकी लंबाई बढ़ती गई। गली के शोर ने घर में प्रवेश करना आरंभ कर दिया था। कोल्ड ड्रिंक के ग्लास सूख गए।

डायरी में उस दिन की तारीख़ पर एक नया निशान बन आया। निशान के रंग और रूप का वर्णन कठिन था। बस उसके आगे लिखा था। "यू आर इंपोसिबल" इंपोसिबल के आगे एक जीभ निकालकर चिढ़ाती हुई स्माइली भी थी।

इसके बाद वे पचास बार मिले। वे हर सप्ताह मिलते थे। और अचानक सब तारीख़ें ख़ाली छूट जाने का दिन आया। जिस मौसम वे साथ-साथ चले थे, उस मौसम के खो जाने का दिन। कणिका के पापा

का स्थानांतरण हुआ। पहले पापा गए और फिर परिवार को भी जाना था। जाने से पहले उनके बीच चार मुलाक़ातें हुईं। इन मुलाक़ातों में कणिका को ख़ूब धैर्य था। रमन को ख़ूब बेचैनी।

''तुम्हें मालूम है, मेरी शादी उस लड़के से होगी जिसका नाम आर से शुरू होता है।''

रमन उसका मुँह देखता रहा क्योंकि उसने इस लड़की को सिर्फ़ एक ख़याल भर में सोचा था। साथ रहने के बारे में कुछ नहीं सोचा। जब इसको छू लेना चाहा तब सिर्फ़ छू लेने भर का सोचा था। और जो कुछ भी किया वह भी उतना ही करने भर का ही सोचा। यह कभी नहीं सोचा कि वह कणिका के साथ रहना चाहता है। उम्र भर के लिए। जब कणिका आर नाम के लड़के से शादी होने की बात कह रही थी। वह चुप था।

''तुम्हें मालूम है हमारा एक सुंदर फ़्लैट होगा।''

रमन उसके कान के पास उलझी हुई एक लट से खेलता रहा। थोड़ी देर बाद अपनी अंगुली से उसे कान के पीछे कर दिया।

''वो एक चौड़ी सड़क के किनारे की बड़ी रेजीडेंसी होगी। उसमें, मैं अपने बेटे के साथ शाम को घूमने जाया करूँगी।''

रमन ने कहा– ''उस आर नाम वाले लड़के का नाम रमन न हुआ तो?''

कणिका ने कहा– ''कैसे न होगा?''

''क्या रमन उस लड़के का पापा हो सकता है?'' रमन ने पूछा।

कणिका ने कहा– ''हर हाल में।''

रमन ने कहा– ''अगर कणिका की शादी रमन से न हो तो भी।''

कणिका ने अपने दोनों हाथों से रमन का गला दबाया, कई जगह नाख़ून लगाए और एक धक्का देकर उठ गई।

मौसम विदा हो गया। इस विदा हुए मौसम के कुछ निशान बचे रह गए। जैसे दरख़्त की शाख़ पर किसी बिल्ली के पंजों के निशान बचे हुए थे। तनहा बची हुई शाख़ पर प्रेम की कोंपलें न थीं। खरोंचों की स्मृतियाँ थीं। सबसे बुरा था कि मौसम के लौट आने का कोई वादा न था।

पहली और उसके बाद की आख़िरी मुलाक़ात तक का अफ़साना इतना ही था। वह भूलना चाहे तो भी भूल नहीं सकता था और याद के ख़ाने में इससे ज़्यादा कुछ आता नहीं था।

सवेरे उसकी आँख फ़ोन की रिंग से खुली। ये फ़ोन कणिका ने किया था– "मैंने सवेरे इसलिए फ़ोन किया ताकि चिल्लाओ नहीं, शांत दिमाग़ से सुनो। ही इज अ वेरी गुड पर्सन। कभी मिलोगे तो पता चलेगा। उसने मेरी बहुत मदद की है। उसके मन में मेरे लिए बहुत सम्मान है। वो मुझे डिनर पर ले गया था। जहाँ हम दोनों अकेले थे। उसने मेरे साथ ऐसी कोई हरकत नहीं की जो उसकी प्रतिष्ठा और मेरे सम्मान के विपरीत हो।"

रमन ने पूछा– "अब मुझसे क्या चाहिए?"

"बस इतना ही कि प्लीज़ उससे मिलने से मुझे रोको मत... सुनो उसका फ़ोन आ रहा है। मैं वापस करती हूँ।" कणिका ने फ़ोन काट दिया।

रमन जिस बिस्तर पर था, उसी जगह पड़ा रहा।

पाँच सात मिनट बाद फ़ोन आया। दोबारा फ़ोन आते ही रमन लड़ पड़ा–"क्यों कर रही हो ये सब? और अगर करना है तो मुझे क्यों बता रही हो? जाओ रहो उसके साथ।"

"तुम्हारी हिम्मत कैसे हुई यह कहने कि मैं उसके साथ रहूँ। तुम चीप हो, घटिया हो तुम, गए गुज़रे हो। एक गंदे दिमाग़ वाला आदमी।"

फ़ोन पर चुप्पी थी।

"तुमने सुना मैंने क्या कहा?"

"क्या?"

"देखो, जैसा तुम सोचते हो अगर वैसा मुझे उसके साथ कुछ करना होता तो मैं ये सब तुमको क्यों बताती? मैं ऐसा कुछ नहीं करना चाहती हूँ, जो तुमको मालूम न हो। मैं चाहती हूँ कि तुमको मेरे बारे में सब मालूम हो सिर्फ़ इसलिए बता रही हूँ। सबके साथ एक जैसा रिश्ता नहीं होता है। तुम जाने क्यों सिर्फ़ एक ही बात पर अटके हो। प्लीज़ सुनो। मैं

मिलती हूँ उससे और तुम कह दो कि तुमको इससे तकलीफ़ नहीं।''

''हाँ तुम मिलो उससे, मुझे कोई तकलीफ़ नहीं। यू बिच!''

''तुमने मुझे गाली दी? हरामी तुम क्या करते रहे अब तक मेरे साथ? भूखे, मौक़ापरस्त, कमीने। तुम नीच हो।''

''हाँ हूँ, जाओ बाय।''

कणिका ने फ़ोन काट दिया और फिर से रिंग की।

''सुनो न, प्लीज़ मेरी बात सुनो। वह नहीं है ऐसा।''

इस बार रमन ने फ़ोन काट दिया।

इस कहानी का जो अदृश्य विलेन था, एक शाम जौहरी बाज़ार के बम धमाके में मारा गया। लेकिन ऐसा सचमुच हुआ नहीं। चालीस दिन बाद कणिका का फोन आया। विलेन और धमाके की ख़बर एक साथ सुनते हुए, उसने सोचा कि वह मारा गया है। हाँ धमाका हुआ था। विलेन सुरक्षित था।

''मालूम है उस भगदड़ में मुझे कितनी चोट लगी?''

''अच्छा, तुम बच गई!''

''तुम चाहते हो कि मैं मर जाऊँ?''

''शट अप...''

रमन दिन को ऑफ़िस जाता था। शाम बाज़ार में बिताता और रात को घर आता। माँ खाना बनाती और गली की औरतों से गप करने में दिन बिताती थी। पापा भी अपने दफ़्तर चले जाया करते और दफ़्तर का समय ख़त्म होने के बाद अपने सामाजिक कार्यों में लग जाते।

एक दिन सुबह हुई ही नहीं।

दिन का उजाला बिस्तरों तक आ गया। रसोई से चाय की ख़ुशबू नहीं आई। वह अपने बिस्तर पर लेटा हुआ था। उसने देखा कि पापा ने उसका चादर खींचा और पलंग पर बैठ गए। वे चुप बैठे थे मगर कोई रमन को जगा रहा था। हौले से सहलाता हुआ। उसकी आँखें पापा से मिलीं तो उन्होंने रमन का हाथ पकड़कर कहा– ''बेटा नीचे चलो। माँ चली गई तुम्हारी।''

बाप-बेटे की आँखें आँसुओं से और दिल दुःख के अचंभे से भरा हुआ था।

माँ चली गई। नींद में ही उनके दिल ने काम करना बंद कर दिया था। घर मातम से भर गया। परिवार के लोग थे। उनके साथ क्रिया-कर्म किया। माँ की अस्थियाँ लेकर हरिद्वार गया। लौटकर आने के बाद पहली ग्यारस के दिन पापा के साथ जाकर ग़रीब लोगों को ज़रूरत का सामान बाँटकर आया।

उसकी जेब में पड़े हुए मोबाइल में एक एसएमएस रखा था। 'हिम्मत से काम लेना, पापा का ध्यान रखना।'

दो महीने बीते ही नहीं। उनको काट-काटकर, लम्हा-लम्हा चुनकर बाप-बेटे ने बिताया। शोक के बाद घर में उतर आए उदासी के सीले मौसम को दिखाने लायक़ धूप बाप-बेटे के पास नहीं थी। उन्होंने कभी ऐसा सोचा भी न था कि एक दिन ऐसा आएगा जब माँ के बिना इस घर में जीना पड़ेगा। ऐसा कौन सोचता है! न वे मूर्ख थे, न ही ज्ञानी। वे दुनियादार लोग थे। जो सिर्फ़ ख़ुशियों की आमद के इंतज़ार में जीते जाते और उनको सकेरते जाते थे। दुखों के लिए उन्होंने घर में कोई आला बनाया ही न था। जब हम दुखों के लिए कोई जगह और तरतीब नहीं बनाते हैं तब वे जहाँ मर्ज़ी हो वहीं पसर जाते हैं।

घर में वे दो ही थे। दोनों में अबोला। माँ के बारे में कोई बात नहीं करता। किसी में ये सामर्थ्य न था। वे दोनों कम-कम बोलते थे। वे दोनों ज़्यादा चुप रहते थे। उनके बीच इतनी ही बातें होती कि ज़िंदगी का काम निकल जाए। बात चाहे किसी भी विषय से शुरू हो, रोना कहीं से आ ही जाता था। रमन अब बात करने से भी डरता था। एक शाम पापा ने कहा- "जैसा हमारा भाग था, वैसा हो गया। चुपचाप न रहो, आगे का जीवन देखो।"

शायद अस्सीवें दिन की शाम थी। रमन के पास कणिका का फ़ोन आया। उसने कहा- "मेरा नेट क्लियर नहीं हुआ।"

"कोई बात नहीं, उदास क्यों होती हो?"

"फिर मैं कॉलेज में लेक्चरर कैसे बनूँगी?"

"तुमको क्या करना है बनकर, वो है न?"

"मत रुलाओ मुझे। सुनो, वो मम्मी और पापा दोनों को पसंद है। इससे भी बड़ी बात कि मैं घर में लड़ नहीं सकती हूँ हर बात के लिए... याद है तुमने कब से अपनी शक्ल तक न दिखाई।"

रमन ने कुछ नहीं कहा।

कणिका ने पूछा– "पापा कैसे हैं?"

"थैंक यू, वे ठीक हैं।"

थोड़ी और चुप्पी।

"तुम आओगे?"

रमन ने कहा– "मैं कैसे आ सकता हूँ?"

कणिका ने फ़ोन रख दिया।

रमन रात को आठ बजे घर आता। डायनिंग टेबल पर अब कोई होता नहीं था। माँ थी तो उनके दोनों तरफ़ बाप-बेटे बैठ जाया करते थे। अब पापा खाना खा चुके होते या उनका मन नहीं होता। वह भी रोटी के दो-चार टुकड़े तोड़ता हुआ जल्दी से उठ जाता। इसी डायनिंग टेबल पर हर तरफ़ माँ के होने का अहसास होता। उसे रुलाई आने लगती थी।

उस रात आठ बजे आते रमन डायनिंग टेबल पर बैठकर खाना खाने की जगह सीधे अपने कमरे में गया। उसने कणिका को फ़ोन लगाया। नो आन्सर। एक दिन कणिका ने कहा था कि वह मेरे पास बैठा था इसलिए फ़ोन नहीं ले पाई। उसे लगा कि अभी भी कणिका उसी के पास बैठी है। उसने फ़ोन करना बंद नहीं किया। इस तरह रात के एक बजे तक वह बेहोशी के हाल में रिंग करता रहा। उसे लगता था कि अगर कणिका मेरा फ़ोन उठाएगी तो वह पूछेगा कि किसका फ़ोन है। इसके बाद दोनों के बीच कोई बात न बचेगी करने के लिए। हो सकता है वह कणिका को धक्का देकर चला ही जाए। यह भी संभव है कि वह हर तरह से संबंध तोड़ ले।

उसे रात को कब नींद आई इसका हिसाब न था। सुबह उसने देखा कि

फ़ोन में कणिका का एसएमएस था। "दस बजे के बाद कॉल करना।"

उसने दस बजते ही कॉल किया।

"हेलो! कणिका?"

"हाँ।"

"तुम्हारे बिना अच्छा नहीं लगता।"

"क्यों, ऐसा क्या हो गया?"

"प्लीज़।"

"कहो, क्या कहना है?"

वह रोने लगा। रोता ही गया। रमन सुबह के दस बजे एक छोटे बच्चे की तरह रो रहा था। कणिका उसका रोना सुन रही थी।

उसने फ़ोन रख दिया। कोई छब्बीस मिनट में तीन बातें हुई और बाक़ी सब रोना।

रमन ने सोचा कि वह जा चुकी है। अब वह उसी लड़के की हो गई है। अब तक जो हमारे बीच था, वह एक दीवार हो गया है। इस दीवार को खड़ा करने वाला लड़का रमन का सबसे बड़ा दुश्मन हो गया था। रमन उस पर सारी दुनिया की गोलियाँ और हथगोले दाग देना चाहता था। यहाँ तक कि अगर परमाणु बम मिल जाता तो उसे भी गिरा देता। वह उस एक लड़के के कारण सारी दुनिया को तबाह करना देना भी मंज़ूर कर चुका था।

उसके फ़ोन पर रिंग आई। कणिका का फ़ोन था।

"क्या कर रहे हो?"

इतना पूछते ही रमन फिर से रोने लगा। रोते हुए रमन को ख़ुद लग रहा था कि उसका रोना आधे से ज़्यादा नक़ली है। वह बस किसी भी तरह से कणिका के पास लौट जाने के यत्न कर रहा है।

वह रोता जा रहा था और इसी तरह सोच भी रहा था कि उसने क्या किया है कणिका के लिए। बेचारी कब से तो बुला रही थी। मैं गया ही नहीं। मैंने उसको ऐसा बना दिया या सोच लिया था कि वह है ही। जाएगी कहाँ? और जो होना था, वह हो चुका।

"मुझे रुलाओ मत, तुमको सिर्फ़ रोना ही है तो कह दो। मैं फ़ोन रख दूँ।"

बहुत दिन बाद, वे दोनों एक साथ थे। काले उदास पहाड़ों पर दिन में हरी-हरी कनियाँ-सी चमक रही थीं। सूख चुके पुराने नालों में बजरी बिखरी थी। सड़कें बरसात में धुलकर साफ़ हो चुकी थीं। कहीं-कहीं अब भी पानी के पैबंद बचे हुए थे। वे एक पुरानी छतरी के नीचे बने चबूतरे पर बैठे हुए थे। बादल थे मगर हल्के-हल्के। कणिका के चेहरे पर गिर रही सूरज की किरणें उसकी रंगत को सुनहरा कर रही थीं।

कणिका ने पूछा- "क्या तय किया तुमने?"

रमन ने कुछ कहने में थोड़ा-सा समय लिया। तब तक बादल छा गए और घना अँधेरा हो आया।

"मैं तुम्हारे साथ होना चाहता हूँ।"

"किस तरह से?"

बादल नई आकृतियाँ बनाते हुए बरसने लगे। वे दोनों झील के किनारे बैठे हुए थे। झील के पानी में गिरती हुई बारिश को देखते हुए लगता था कि कोई जुलाहा पानी की चादर बुन रहा है। वहीं किनारे खड़े पावभाजी वाले ने अपने ठेले के पास रखी बैंचें साफ़ कीं और गुजरात से आए एक परिवार के लिए गरम तवे पर पानी के छींटें मारकर पोंछ दिया।

रमन के पास कणिका के सवाल को पोंछने का कोई तरीक़ा न था।

कणिका के पास लाल और काले रंग का शर्ट जैसा रेनकोट था। उसे अपने सर पर इस तरह से बाँध रखा था कि बाल भीग न पाएँ। रेनकोट के टोपी बन जाने के बाद पानी की बूँदें सीधे जींस पर गिर रही थीं, जहाँ रमन का सिर था।

झील की पाल पर बनी इस जगह पर पत्थरों की पट्टियाँ लगी हुई थीं। उन पट्टियों में भी एक मख़मली अहसास था। रमन ने कणिका को एक बार फिर से चुरा लिया था। जबकि वह लगभग जा चुकी थी। अब वह लगभग लौट रही थी। रमन का दुश्मन आहिस्ता-आहिस्ता परास्त हो रहा था।

वे दोनों अपनी चुप्पी में बातचीत के सिरे तलाश रहे थे। उन दोनों को ही लगता था कि बात करने से बात का न करना ज़्यादा अच्छा है। इसलिए रमन हर बात से असहमत था, कणिका निरपेक्ष थी। वह व्यग्र था, वो शांत थी। उसने कहा झील सुंदर है। वो बोली किनारा। वो बोला टहलते हैं। उसने कहा बैठते हैं।

सचमुच कई बार कितना कुछ टूट जाता है।

कणिका सोच रही थी कि वह जिस आदमी के लिए सब कुछ भूल गई, जिसके लिए उसने अपने आँसू बहाए, जिसको अपना सब दे दिया, वह कैसे पेश आता रहा है! फ़ोन पर एकदम बेपरवाह। कई बार तो लगता कि वह उसकी बात को सुन ही नहीं रहा। एक बात पर आकर अटक जाता है- ''एक ही बात है फ़ोन करो या न करो, प्यार तो है न।'' जिसके एक एसएमएस पर पंख निकल आते थे। वह आदमी अचानक कुछ महीनों में ही इतना बदल गया कि फ़ोन तक नहीं लेता। मैंने इसे हमेशा फ़ोन किया। इसने हमेशा ज़्यादा-से-ज़्यादा इग्नोर किया। हम जैसे-जैसे निकट आए ये सब जगहों से ग़ायब रहने लगा।

रमन सोच रहा था कि वह कैसे किसी दूसरे लड़के के बारे में सोच सकती है। सारे दिन में एक बार उसको मेरी याद नहीं आती। याद आती है तो ये बताने के लिए कि उस लड़के से मिलना ज़रूरी है! उसी के साथ शाम, उसी लड़के के मैसेज से सुबह! फिर उसी के साथ बुके, ड्राइव और डिनर भी! मुझ पर आरोप लगाती है कि मैं बिजी रहने का ड्रामा करता हूँ। क्या कोई आदमी अपने दफ़्तर का काम भी न करे? एक और बात हमेशा एक-सी कि पहले तो ख़ूब सारा वक़्त था। अब अचानक कहाँ चला गया? क्या ये ज़रूरी है कि हर दिन एक जैसा ही हाल हो? इसे सिर्फ़ दूर जाने का बहाना चाहिए था।

बरसात बंद हो गई। दिन के चार बजने को आए थे। वे दोनों बिना कुछ बोले वहाँ से उठकर सड़क पर चलने लगे। उनके बीच की दूरी बहुत मामूली थी। जैसे कभी वे एक-दूजे का हाथ पकड़ लेते और कभी उनके कंधे आपस में टकरा जाते। ये जो सबसे मामूली दूरी थी, इसमें

बहुत सारी नाउम्मीदी भी छिपी थी। वे क़रीब थे मगर उनके बीच एक ठंडापन था। आशा का कोई अलाव न था। जो उनके इस रिश्ते को नयी गरमाहट देता। वे अपने होटल पहुँचे तो वहाँ भी भीगा-सीला बिस्तर बिछा हुआ था।

कणिका खिड़की के पास खड़ी बाहर देख रही थी। रमन उसके पास खड़ा उसी को देख रहा था।

कणिका ने कहा- ''हम कैसे साथ रहेंगे ?''

''मालूम नहीं ?

''हम अगली बार कब मिलेंगे ?''

''तुम कहो।''

वैसे रमन ने कहा- ''तुम कहो'' मगर उसका असल जवाब था कि मालूम नहीं। उसे बार-बार मालूम नहीं, मालूम नहीं कहना अच्छा नहीं लगा। इसलिए कह दिया कि तुम कहो।

''मैं हमेशा मिलना चाहती हूँ लेकिन तुम नहीं। तुम हमेशा असहमत रहते हो और मैं निरपेक्ष हो जाती हूँ। तुम्हारे अंदर एक बेचैनी भरी रहती है जबकि मैं हमेशा चाहती हूँ कि ज़िंदगी स्थिर रहे। तुम किनारे-किनारे टहलना चाहते हो और मैं एक घर बनाकर बसना चाहती हूँ। तुम भागते हो हर बार...''

बाद अरसे के रमन का हाथ उसकी पीठ पर था।

वे एक घंटे पहले खिड़की पर खड़े थे। अब बिस्तर पर पड़े थे। रमन ने अपने पाँवों पर चादर डाल रखी थी। कणिका ने अपनी पीठ से पलंग की टेक ली हुई थी। वह आधी बैठी हुई थी। रमन छत को देख रहा था। वह सामने की दीवार को देख रही थी। दोनों एक-दूजे को नहीं देख रहे थे। इस दुनिया में कोई किसी को नहीं देख रहा था।

कोने की एक टेबल पर रखे गुलदस्ते के फूल मुरझा रहे थे। वे फूल पानी में डूबे हुए थे मगर उन फूलों की जड़ें नहीं थीं। ऐसे ही दो लोग एक बिस्तर पर थे। उनके रिश्ते की भी जड़ें ग़ायब थीं। गुलदस्ते में रखी हुई साबुत दिखने वाली टहनियों पर खिले हुए फूलों के पास एक तेज़ी

से बुझती हुई ज़िंदगी थी।

रमन दो दिन पहले इसी मुलाक़ात के लिए रो रहा था। अभी चुप पड़ा हुआ था। कणिका ने इसी मुलाक़ात के लिए जाने कितने निवेदन किए और उदास हुई थी मगर अब दीवार को देख रही थी। रमन ने कणिका की ओर देखा। उदास मौसम को तोड़ने के लिए कोई बात की जाए।

रमन ने पूछा- "तुम्हारी बहन?"

"डिजू?"

"हाँ, कहाँ है वो?"

"ख़ुशी और ग़म की दुनिया के बीच कहीं पर।"

"कैसे?"

"उसके लिए एक रिश्ता आया था। मैंने कहा कर ले शादी कुछ फ़र्क़ नहीं पड़ता।"

"फ़र्क़ नहीं पड़ता माने?"

"किसी का इंतज़ार करो। अच्छे दिनों के ख़्वाब देखो और मरते हुए जीते रहो। इससे अच्छा है कि घरवालों को ख़ुश रखो।"

"वह बारहवीं में पढ़ती थी।"

"हाँ, अट्ठारह की हो गई थी, सब बोझ उठा सकती थी।"

"वह बच्ची है।"

"तुम कितने साल के हो, अट्ठाईस और मैं पच्चीस... हमने क्या अच्छा पकाया है?"

"हम..."

"क्या हम? कहो तो।"

"..."

"सच है कि डिजू ख़ुश है। अगर ख़ुश नहीं भी है तो भी घरवाले चिंतामुक्त हैं और अपनी बेटी से ख़ुश होंगे ही। वह शादी करके बीएससी कर रही है। उसने इंतज़ार करते हुए, दिन की बगलें नहीं झाँकी और रातों को तारे नहीं गिने।"

रमन ने कहा- "सुनो।"

"हाँ।"

"तुम प्रिय हो मुझे।"

"तो अब क्या करें हम?"

"चैकआउट।"

वे चैकआउट कर चुके थे। बस का इंतज़ार कर रहे थे। रमन सूटकेस पर बैठा था। कणिका पास ही सीढ़ियों पर बैठी थी। मौसम में बरसात की ठंड थी। उनके पास ही चाय का ठेला था। ठेले से आती चाय की महक भर से ही ख़ास तरह की गरमी का अहसास हो रहा था। यहाँ बैठकर प्रतीक्षा करने के सिवा उनके पास कोई उपाय न था। भव्य बाज़ार में अनेक नियोन लाइट्स चमक रही थीं। उन नीली रोशनियों को देखते हुए वे दोनों कई स्मृतियाँ फिर से ताज़ा कर सकते थे।

वह कणिका के साथ होना चाहता था। कणिका उसके साथ होना चाहती थी। दोनों एक-दूजे के साथ होना चाहते थे। वे एक-दूजे के साथ ही थे। मगर कोई फ़ासला था। ऐसा फ़ासला जो साथ हो सकने और होने के बीच होता है।

बस के चलने से बाहर की रोड लाइट्स की आती-जाती रोशनी के बीच कणिका ने रमन का हाथ पकड़ रखा था। एक बेहद ठंडे रिश्ते की यह सबसे गर्म बात थी।

रमन ने कहा- "मैं हमेशा तुम्हारे साथ इसी तरह भटकने की सोचता रहता हूँ। मैं तुम्हारी आवाज़ हमेशा सुनना चाहता हूँ। लेकिन मुझे मालूम नहीं कि मुझे क्या चाहिए। मैं न जाने क्यों तुम्हारे सवालों को टाल जाता हूँ। क्या सच में किसी को ये पता नहीं होता कि उसे क्या चाहिए और क्या नहीं? मगर इतना तो मालूम है मुझे कि मैं तुमको किसी और के साथ नहीं सोच पाता हूँ।"

रमन ने पाया कि कणिका का हाथ अब उसके कंधे पर है। वह ज़्यादा क़रीब है। कणिका ने उसके कान में कहा- "मैंने ग़लती की। मुझे ऐसा नहीं करना चाहिए था।"

"क्या नहीं करना चाहिए था?"

"हमें फिर से नहीं मिलना चाहिए था।"

एक काली घनी अँधेरी रात रास्ते से भटककर किसी गहरे कुएँ में गिर पड़ी थी।

बस के बाहर आकाश में कोई चाँद नहीं टँगा था। दूर से कोई रौशनी क़रीब आती और फिर अंधकार में पीछे छूट जाती।

बस की सीट पर बैठे हुए रमन किसी ऐसी आरी की तलाश में था, जो बीते समय को उसकी इच्छा के अनुसार काट सके। उन टुकड़ों को ऐसे साँचों में फिट कर सके, जो रमन ने अपने लिए चुन रखे थे। रमन कुछ ऐसी कीलों की तलाश में था, जो भावनाओं के सुराख़ को इस क़दर ठोक-पीटकर बंद कर दे कि कोई आहट न सुनाई दे। कणिका उसकी ज़रूरत थी किंतु चुप थी।

उसकी चुप्पी में सब सुविधाएँ थीं।

वह एक अलग सुबह थी। बस से उतरते समय वे एक-दूसरे के हाथ कसकर पकड़े हुए थे। कणिका ने रमन से अपना हाथ छुड़ाते हुए इस तरह देखा जैसे कुछ पूछ रही हो।

रमन ने सोचा कि कणिका ने पूछा है। तुम मुझसे कितना प्यार करते हो ? फिर लगा कि वह पूछ रही है तुम कितने स्वार्थी हो ? सवाल तय नहीं हुआ पर दोनों सवालों का जवाब एक ही था... बहुत।

रमन ने तय किया कि आने वाले कल की रात वह डायनिंग टेबल पर पापा का इंतज़ार करेगा। कणिका ने अपनी डायरी में एक तारीख़ पर नया निशान बनाया। आग का निशान। आग जिसमें जलकर सब पवित्र हो जाते हैं। जिसमें सारे दाग़ मिट जाते हैं।

धूप के आईने में

घर से सौ मीटर के फ़ासले पर एक रोड थी। छत से इसे देखा जा सकता था। सफ़ेद रंग की नीली धारियों वाली एक बस को थोड़ी ही देर में वहाँ से गुज़रना था। उसकी धड़कनें डूबती जा रही थीं। उस बस में बैठी हुई लड़की शहर छोड़कर जा रही थी। कल रात कार की पिछली सीट पर आधी लेटी हुई, उससे पूछ रही थी कि ज़िंदगी में हमें ऐसे लोग क्यों मिलते हैं जिनके बिछड़ने से आँख भर आए? उसकी क़मीज़ की बाँह को ज़रा ऊपर करते हुए लड़के ने कहा– "हम ज़िंदगी भर ऐसे लोगों के साथ क्यों रहते हैं जिनके साथ रहने से कोई ख़ुशी नहीं होती?"

* * *

रेगिस्तान में ये गरम मौसम के दिन-रात थे। ख़्वाहिशों की एक तितली बेक़रारी की आग को चूमकर उड़ गई थी। वह जहाँ गई थी, उस नगर का नाम मालूम था। वहाँ तक जो रास्ता जाता था, उस रास्ते पर कुछ रेलगाड़ियाँ और चौपहिया वाहन जा सकते थे। उसी रास्ते पर कुछ आदमी और औरतें भी जा सकते थे। पंछियों के लिए भी कोई मनाही न थी।

मगर वह नहीं जा सकता था। बस गुज़र गई और उसके मन में अचरज की टिमटिमाती हुई याद बाक़ी रह गई। जैसे किसी तितली को छू लो तो उसके पंखों के कुछ रंग अंगुलियों में छूट जाते हैं।

एक दोपहर के वक़्त लड़की ने कहा- ''ज़रा इधर देखना तो।'' उसने मुड़कर देखा। कई सारे कबूतर फड़फ़ड़ाकर एक साथ उड़ गए। वह पानी से भीगा हुआ खड़ा था। बाग़ीचे के बीच धूप से बचने के लिए पत्थरों की छतरी के नीचे एक मूरत खड़ी थी। वह चुपचाप उत्तर दिशा में देखती रही। लड़के की क़मीज़ से होता हुआ पानी उसकी जींस को भिगोकर काले रंग के सेंडलों में भर आया था।

लड़की खिलखिला रही थी। वह उसे देख रहा था।

अचानक भीग जाने का अचरज जा चुका था और कोई ऐसा भाव था, जो पूछ रहा था- ''पगली! ये क्या किया तूने?'' दोपहर के दो बजे भरी धूप में, खुले बाग़ीचे में पानी से भीगा हुआ लड़का और सामने चुप खड़ी एक लड़की। सिर्फ़ लड़की नहीं, पीले फूलों जैसी लड़की।

वह चुप देखता रहा।

अचानक लड़की के हाथ में पकड़ा हुआ पानी का पाइप छूटकर दूब पर गिर गया और वह तेज़ी से भागकर भीगे हुए लड़के से लिपट गई। उसने कहा- ''मैं तुमसे प्यार करती हूँ। मुझे यह बताना नहीं आता है। मैं कुछ भी कहकर, ये नहीं बता सकती हूँ कि तुमसे कितना प्यार है।'' अब लड़के की क़मीज़ लड़की के आँसुओं से भीग रही थी।

वह लड़का अपनी शामें बेसबब स्टेडियम की पवेलियन में बैठे हुए, कई सुबहें सूजेश्वर के पहाड़ी रास्ते वाले शिव मंदिर की सीढ़ियों पर और कई दोपहरें बेख़याल नीम के पेड़ों की छाँव में बिता देता था। ऐसी जगहों पर हसरतों के घोंसले न थे। बस ज़रा खुला-खुला-सा लगता था। ऐसी ही जगहों पर महसूस करता था कि आवाज़ की सुंदर तितलियाँ, ख़ुशबुओं को छूकर आई हैं। वे लम्हों की उतरन को उसकी कलाई पर रखती हुई मुस्कुराती हैं।

ऐसे तनहा और बेसबब बैठे हुए ख़यालों की एक दुनिया का दरवाज़ा

खुलता। उसमें अनेक खिड़कियाँ होतीं। वह किसी भी खिड़की से भीतर जा सकता था। जैसे अक्सर वह शोरगुल भरी कक्षा में पहुँच जाता। जहाँ विज्ञान के माड़साब दर्शनशास्त्र के प्रो.फ़ेसर में तब्दील होकर बड़ी गहरी उदासी से बताते कि तितलियों की उम्र चौबीस घंटे हुआ करती है। वे गंभीर होकर खो जाते। जीवन के बारे में कोई विचार उनके दिमाग़ में अटक जाता था। इससे बाहर आने के लिए वे अपने सर को एक झटका-सा देते। इस तरह झटकने से वो विचार नीचे गिर जाता। वे आगे पढ़ाने लग जाते थे।

उस वक़्त लड़के का हाल कैसा होता, अव्वल तो ये बताना ही मुमकिन नहीं। फिर भी उस लड़के के बारे में बची हुई स्मृतियों की त.फ़सील में इतना ही था कि उसको प्राणिशास्त्र के रिसालों में ख़ास दिलचस्पी कभी नहीं थी। उसने डूबते-डूबते ग्यारहवीं पास की थी। उसके बाद विज्ञान से तौबा कर ली। फिर उसको तौबा का अ.फ़सोस इसलिए भी नहीं हुआ कि वह समझता था, विज्ञान को आज भी मालूम नहीं कि मरने से पहले आदमी किस तरह मर जाता है। कैसे पूरी तरह भीगे हुए आदमी को एक आँसू की गरमी महसूस हो जाया करती है।

वह रात को सोकर सुबह जागता तो अजाने ही अपनी कलाई को फिर सूँघता। सोचता कि शायद बचा हो कोई पता। मगर दिन और रातों की ख़ुशबुएँ उड़ जाती हैं, उन्हीं रंगीन तितलियों की तरह। बस एक बेक़रारी नहीं जाती। वह रेलवे-क्रीपर की तरह खिलती रहती। सदाबहार, उपेक्षित और इंतज़ार के हल्के स.फ़ेद रंग में या याद के गुलाबी, बैंगनी रंग में।

मोहब्बत भरी आवाज़ चुप्पी में ढल जाती।

* * *

मैदान में हरे रंग के पत्ते एक-दूसरे की बाँहें थामे हुए ऊँचे झाँक रहे थे। यहीं कुछ महीने पहले धूल उड़ा करती थी। छत डालने के काम आने वाले सीमेंट के चद्दरों से दुपहिया वाहनों के लिए बना हुआ शेड खिड़की से दिखता था। सेटेलाइट डाटा रिसीविंग डिश के पार नीले आसमान में तैरते

हुए बादलों के टुकड़ों को देखती हुई लड़की याद करती कि सप्ताह भर से लगातार बारिश हो रही है। लेकिन वह उस तरह कभी नहीं भीग पाती। सारे बादल मिलकर उसके घर के आगे पानी का तालाब बना देते, मगर वह सूखी रह जाती। बारिश होते ही अक्सर फ़ाल्ट होने से पावर कट हो जाया करता। वह बंद कमरों की सीलन और ठहरी हुई भारी हवा की घुटन से बाहर छत पर आकर बैठ जाती।

नाउम्मीद बैठे हुए अचानक तेज़ बारिश होने लगती। शेड के तीन तरफ़ पानी की फुहारें गिरतीं। एक लयबद्ध शोर कोई धुन बुनता। टीन की छत के किनारे पर अटका एक पंख भीगता जाता। दुनिया सिमट जाती। ऐसा लगता कि यहीं बैठकर इंतज़ार करो कि शायद भीग सको। हवा के भीगे झोंके से लड़की के बदन में सिहरन होती।

उस दिन दोपहर के दो बज रहे थे। लड़के ने कहा- "सुनो।"

वह मुड़कर देखती तब तक वह लड़का उसका हाथ पकड़े हुए खड़ा था। हाथ माने उसने उसकी हथेली को अपनी हथेली में लिया हुआ था। जैसे कोई दो प्रिय लोग एक साथ चलते हुए थामकर रखते हैं। उसने लड़के के चेहरे की ओर देखा। लड़का अभी भी उसके हाथ को थामे हुए था।

शायद कोई एक मिनट जितना वक़्त लगा होगा। लड़की ने कहा- "जाने दो।"

वह वहाँ से चली आई।

* * *

जिस दिन उसने उसका हाथ थामा था, उस दिन के दोपहर दो बजे से शाम तक लड़का चाय की थड़ी पर बैठा रहा। वह बहुत पुराना समय था। ऐसा कि जिसमें किताबों के पन्नों का रंग काफ़ी काला हो चुका हो। कोई इंगलिश्तानी लेखिका थी, जिसके जूड़े में गुँथे हुए बालों का आकार उसकी गरदन को ढक रहा था। कंधों तक फैला हुआ जूड़ा मछली पकड़ने के जाल जैसी जाली में कसा हुआ था। वह अपना सर झुकाए हुए थी।

उसके हाथों में दो पन्ने थे। उनमें जो लिखा हुआ था, उसे पढ़ा नहीं जा सकता था। जबकि लड़का इसी सिलसिले में उससे कोई बात करना चाह रहा था।

वह थी या उसकी मौजूदगी की एक तस्वीर थी।

लड़का उससे फिर बात करना चाहता। वह बोलती नहीं। लड़का समझने की कोशिश करता कि उसने किया क्या है? किस तरह उसका वास्ता उसके लिखे से हो सकता था। मगर वह एक अपराधी की तरह लकड़ी की बैंच पर बैठा हुआ था। वह खुले बाज़ार में एक नुक्कड़ की थड़ी थी लेकिन लगती थी जैसे कोई क़ैदख़ाना हो। वह इससे बाहर आने को बेचैन हो। लड़का चलना चाहता मगर चल नहीं पाता। वह बेंच पर बैठा हुआ देखता, वही दो पन्ने और वही तस्वीर।

लड़की रूठी हुई थी। नहीं, लड़की उसको सज़ा दिलाने के लिए कोर्ट की बैंच पर बैठी थी। नहीं, असल में लड़की कविताएँ लिख रही थी। नहीं, वह एक गहरी शाम थी। बुझती जा रही रोशनी में लड़की एक फंदा बुन रही थी। नायलॉन की काली रस्सी से।

लड़की ने मुंसिफ़ से अपनी बात कहने से पहले उसकी ओर देखा। लड़के को याद आया कि उसकी शक्ल एन ब्रोंट से मिलती है, जो सिर्फ़ उन्नतीस साल की उम्र में दुनिया छोड़ गई थी। उसकी बची हुई निशानियाँ बहुत-सी ख़ूबसूरत कविताएँ थीं।

लड़के ने अपने हाथ में पकड़ी हुई एक अनुदित किताब की ओर देखा। शाम डूब चुकी थी।

एक धुँधलका था। चुप्पी थी और चंद शक्लें थीं। वह कहीं जा रहा था। रास्ते की पहचान को लेकर कोई जिज्ञासा नहीं थी। संभव है कि वह एक दस साल के लड़के का हाथ पकड़े हुए था। या संभव है कि वह ख़ुद एक दस साल के लड़के में बदल गया था। वह एक अनवरत घेरती हुई शाम थी, जो डूब ही चुकी थी। शायद वक़्त के साथ शाम अपना रंग बदलना भूल गई थी।

सफ़र कुछ क़दमों पर रुका हुआ-सा था। यानी कहीं जा नहीं पा

रहा था और ऐसा भी नहीं था कि वह रुक गया था। मन उदास, डूबता हुआ। कौन देस, कौन मुसाफ़िर। वह कितने अरसे से उस लड़की को चाह रहा था।

उसको चुपके से देखा करता था।

सोचता था कभी उसके रुख़सारों को चूम लेगा और और वह शरमाकर भाग जाएगी। लेकिन उस दोपहर दो बजकर दस मिनट पर, जिसे वह समय के हिसाब से परे चाहा करता था, वही खो गई।

उसे अचानक प्यास लग आई।

शोर था। रोशनी थी। कुत्तों की आवाज़ें थीं। रेल का इंजन शंटिंग की तैयारी में हल्की विशल देता हुआ घर की ओर बढ़ा आ रहा था।

लड़का भी एक यंत्र में बदल गया था और घर की ही ओर बढ़ रहा था।

* * *

कॉफ़ी हाउस।

वे दोनों एक टेबल पर बैठे थे। आमने-सामने नहीं वरन एक ही सोफ़े पर। चुप थे। लड़की उसे देखे जा रही थी। वह देखते हुए भी कुछ नहीं देख रहा था। वे बहुत देर चुप बैठे रहे। बहुत देर माने दस मिनट। यह दस मिनट का समय इस हाल में उतना छोटा नहीं था, जितना कि हम समझा करते हैं।

ये एक ख़ुशबाश ख़्वाब था।

लड़की ने अपने आप को सोफ़े पर छोड़ दिया। वह उसमें धँस गई मगर उसका हाथ टेबल पर लड़के के हाथ में था। लड़की की बंद आँखों से कोई आँसू नहीं आया। उसके चेहरे पर कोई तृष्णा, कोई कामना नहीं आई। वह बस अपनी पीठ टिकाए हुए सोफ़े पर थी। उसकी अँगुलियों ने लड़के की हथेली में लिखा- ''मत जाना कभी।''

कभी, कहीं जाने के लिए दुनिया की ज़रूरत होती है। उन्होंने बाहर की दुनिया को देखा।

कॉफ़ी के ख़ाली कासे के पार खुली खिड़की से दिन चढ़ा जा रहा था। घूमेश्वर महादेव मुस्कुरा रहे थे। इस मुस्कराहट के ऊपर एक बड़ा पीपल खिला हुआ था। जिसकी एक बाँह डिवाइडर के उस पार तक जाती थी। पीपल की छाँव में एक फूल वाला बैठा था। सुबह की धूप में फूलों को पिरोता हुआ बिजली के ट्रांसफ़ार्मर के नीचे रखी टोकरियाँ संभालता जाता। हल्के हरे रंग के सेल्फ़ प्रिंटेड शलवार कुर्ते में आई अधेड़ महिला ने मंदिर में विराजमान महादेव के लिए घंटी बजाई। लड़के ने सोचा अब वह झुककर नंदी के कान में अपनी अर्ज़ी रख देगी लेकिन उसने हाथ जोड़े और विनम्र भाव से मुड़ गई। नंदी शिव का वाहन है और उनका प्रिय भी है। इसलिए ये अपनी बात मनवाने का सुगम रास्ता था। बिना कोई अर्ज़ी रखे चली गई औरत से इतना ही साम्य बचा था कि उसके मोज़ों का रंग लड़के की ट्राउज़र से मिलता था।

लड़के ने कहा- ''ज़रा पास आओ।''

लड़की ने अपना सर उसके कंधे के पास कर दिया।

मौसम में नमी थी। पीपल के पत्तों के बीच से आते धूप के टुकड़े कॉफ़ी हाउस के शीशों पर गिर रहे थे। घूमेश्वर महादेव के पास चौराहे पर आधुनिक शिल्प की प्रतिनिधि जोधपुरी लाल पत्थर की मूरत खड़ी थी। दो लंबी पत्तियाँ एक-दूसरे से सर्पिल ढंग से लिपटी हुईं। उनके बीच के गोल हिस्से किसी जीनोम कोड जैसे दिख रहे थे। संभव है कि ये प्रेम का प्रतीक हो या हो सकता है कि बरसों के बिछोह के बाद का मिलन या फिर शोधकर्ताओं को खुदाई में मिले आलिंगनबद्ध दो मनुष्य कंकालों की स्मृति मात्र।

रंगों के कोलाज वाला कुर्ता पहने हुए खुले बालों में लड़की बैठी थी। उन्होंने हाथ छोड़ दिए थे। लड़की गालों को छू रहे बालों को दाहिने हाथ से कान के पीछे करती लेकिन वे फिर से हर बार उसके गालों को चूमने लगते। लड़के ने कुछ कहा। शायद उसने कहा- ''मैं तुमसे बहुत प्रेम करता हूँ।''

लड़की अपनी अँगुलियों में खेलती हुई कुछ और अँगुलियों को

देखती रही। वह पोरों की नर्म-नाज़ुक रेखाओं को डिकोड कर लेना चाहती थी।

ब्लैक चॉकलेट पेस्ट्री के बाद की कॉफ़ी पीते हुए पास से गुज़री किसी गाड़ी के शीशे से आई चमक टेबल पर क्षणभर बिखरकर चली गई। ऐसे ही उन दोनों के हिस्से आए वक़्त के छोटे-छोटे टुकड़े गुज़रते जा रहे थे। लड़के को फूलवाले की अँगुलियों का ख़याल आया। शाम होने के बाद फूलवाले की प्रेयसी कभी ख़ुशबू भरी उन अँगुलियों को चूमती होगी? अगर चूमती होगी तो क्या सोचती होगी? क्या फूलवाला उसके बदन को भी अपने हाथों में उन्हीं नाज़ुक फूलों की तरह संभालता होगा?

काँच का दरवाज़ा खुला और वे बाहर निकल रहे थे।

सड़क पर दुआ देती भिखारिन से लड़के ने हँसते हुए कहा- "दुआ करो कि हमारी जोड़ी बनी रहे।" लड़की उसकी कोहनी को छूती हुई मुस्कुराई। फूलवाले के पास से गुज़रते हुए, उन दोनों ने लंबी साँस ली।

घूमेश्वर महादेव निर्विकार बैठे रहे।

घर जाते ही लड़का 'शहर में भीड़ बहुत है' कहता हुआ सोफे में धँस गया। लड़की उड़ती हुई धूल को कोसती अपनी आँखें पोंछने लगी। ऐसी मुलाक़ातों के बाद घटाओं का मौसम घेर लेता है। एकांत में आँखें मूँदकर लिए गए बोसों की याद रुलाती रहती है। वे दोनों बिछड़ गए थे या असल में वे एक हो गए थे।

अँगुलियों में बची हुई जो ख़ुशबू थी, बस वही माल मुसाफ़िर का था!

* * *

रात के बारह पचास।

'तुम मुझसे बात करो' लड़की कह रही थी। वे दोनों फ़ोन पर थे। लड़की सब परिवारवालों को छत पर सोता हुआ छोड़कर नीचे कमरे में

चली आई थी। वह एक कोने में हल्की चादर ओढ़े हुए बात कर रही थी।

लड़के ने कहा- ''हम कल मिलते हैं न!''

लड़की ने कहा- ''मुझे तुम्हारी अभी ज़रूरत है।''

लड़के ने कहा- ''मैं फ़ोन से निकलकर नहीं आ सकता हूँ।''

लड़की ने ख़ूब सारा ग़ुस्सा किया- ''तुम न आ सको कोई बात नहीं। मगर यहीं फ़ोन पर रहो। मैं प्यार करती हूँ, तुमसे।''

फ़ोन साइलेंट मोड में था और लड़के को नींद आ गई।

लड़की के पास ख़यालों की ख़ुशबू के गोदने थे। उनमें दीवार पर बैठा रहने वाला लड़का हसरतों का वुजूद था, जिसके कंधों पर लड़की की आँखों के ख़्वाब टिके रह सकें। बाहर दरवाज़े के पार काली रात थी फिर भी लड़की भागकर उस लड़के के पास पहुँच जाना चाहती थी। वह लड़के को देख लेना चाहती थी। नींद में खो जाने से पहले के सम्मोहन में घिरी हुई लड़की ने फिर से फ़ोन उठाया। वह लड़के के फ़ोन पर लगातार रिंग करती रही। दरवाज़े के पार अँधेरा प्यासा ही खड़ा रहा।

लड़की अपनी प्यास के चार जानिब एक दीवार चुनने लगी।

वह देखती कि नीली जींस और सफ़ेद शर्ट में एक दुबला-सा शख़्स खड़ा हुआ है। कुछ है जो उस ओर खींच रहा है। वह उसको आवाज़ देती तो लगता कि ख़ुद को बुला रही है। ऐसे बुलाना कितना मुश्किल है फिर भी खिड़की से बाहर झाँकती हुई कहती- ''तुम नीचे क्यों खड़े हो ? ऊपर आओ ना! देखो कि ये किस याद का लम्हा है जो चुभता जाता है।''

इस रास्ते कोई ख़ुशबू नहीं आई। तुम्हारे आने से पहले का वक़्त राख होकर बरसों से बाँहों पर जमता गया। लाल-कत्थई रंग के चौकोर ख़ानों वाला सोफ़े का मैटी कवर भी ग़र्द से भर गया। दीवारों की सुनहरी रंगत पर धूसर रंग चढ़ता गया।

लड़की अपने-आप से ये सब कह रही थी। वहाँ कोई नहीं था। यह लड़की की आर्द्र उदासी थी। लड़के के वहाँ न होने के दु:ख से भीगी हुई उदासी।

लड़की बेतहाशा बातें किए जा रही थी। कहती- "मेरे पास बैठेगा तो कहूँगी कि सुना है जन्नतियों से ख़ुदा पूछता है, धरती पर सबसे अच्छा क्या था? मैं कहूँगी कि तुम सबसे अच्छे थे।" उसने फिर से फ़ोन मिलाया। मेरे मौला, वही एक आवाज़ चाहिए। वो आवाज़ आती क्यों नहीं।

काश! वह इसी वक़्त मेरे पास आ जाए।

* * *

अगले कई दिनों के बाद वाला दिन था।

उनकी सब चीज़ें बेमानी हो गई थीं। लड़की लेटी हुई थी। वह चाहती थी कि लड़का अपना मुँह सामने लाए और फिर बात करे लेकिन वह अंदर ही घुसा हुआ था। गहरी मिट्टी तलाशते हुए किसी केंचुए की तरह। वह लड़की की बाँहों में कोई अँधेरा खोज रहा था। लड़की ने उसके बालों में अंगुलियाँ घुमाई और कहा- "ऐसे मत करो, मुझे भी रोना आ जाएगा। तुम किसलिए उदास हो?"

लड़के ने कहा- "रात, मैंने एक सपना देखा। एक तीन मंज़िला दुकानों वाली बिल्डिंग है। उसमें से एक पतला-सा दरवाज़ा किसी होटल में ले जाता है। वहाँ सीलन भरे कमरे और एक बड़ा खुला हॉल है। अपने कमरे से बाहर देखो तो लगता है कि हम सड़क पर गिरने वाले हैं। इस बिल्डिंग के आगे बहुत ही चौड़ी सड़कनुमा खुली जगह है। जैसी रोमन नृत्यशालाओं के आगे हुआ करती है। मैं उस जगह से होता हुआ उत्तर-पूर्व की दिशा में जाता हूँ। वहाँ कुछ ही दूरी पर रास्ता ख़त्म होकर नीचे उतरने वाली सीढ़ियों में तब्दील हो जाता है।

इन सीढ़ियों के पास जाते हुए ऐसा लगने लगता है कि मैं खो गया हूँ। तुम कहीं नहीं हो। तुम्हारे न होने से ख़याल आता है कि वे सीढियाँ किसी अंतिम फ़ैसले वाली जगह की ओर जाती हैं। यह ख़याल मुझे भय से भर देता है।"

लड़के ने अपना सपना सुनाते हुए लड़की के दोनों गालों पर अपनी

हथेलियाँ रखीं। उसकी आँखों में झाँकते हुए कहा– ''उस सूनी जगह पर सीढ़ियों से पहले पत्थर की एक लंबी रेलिंग लगी हुई है। उसको देखने से आभास होता है कि कोई नदी या बड़ा झरना उसके नीचे से गुज़रता होगा। हालाँकि मैं कभी वहाँ तक गया नहीं और हर बार मेरा सपना यहीं टूट गया। सपने से आधे जगे हुए ख़ुद का हाल कुछ ऐसा पाया कि जैसे निर्जन जगह पर समय ठहर गया है और बेरहम मृत्यु अकेला छोड़कर जा चुकी है। तुम्हारी अनुपस्थिति में मेरी आँखें भीगी हुई हैं और मार्मिक पुकारें गले में ही घोंट दी गई हैं।''

लड़की ने कहा कि सपनों का हमारे जीवन से क्या संबंध होता है?

लड़का चुप बैठा था। थोड़ी देर में उसने कहा– ''ईरान में बेहिस्तून पहाड़ को काटते समय फ़रहाद को न पत्थर दिखता था, न दूध की नदी। उसकी आँखों में बस एक शीरीं थी।'' लड़की इस बात का अर्थ समझने के लिए लड़के की ओर देखती रही। वहीं पास ही कहीं इब्ने इंशा की ग़ज़ल बज रही थी, 'कल चौदहवीं की रात थी'।

दो अश्क जाने किसलिए पलकों पे आके टिक गए
अल्ताफ़ की बारिश तेरी, इक़राम का दरिया तेरा!

वे दोनों बाग़ीचे में चले आए।

लड़के ने चाहा कि लेवेंडर की पत्तियाँ अपनी हथेली में रखकर मसल दे। वह झुक नहीं पाया कि उसकी क़मीज़ और हथेलियों में कोई ख़ुशबू भरी थी। उसके कुर्ते की जेब में सलवटों से भरी कुछ हसरतें रखी थीं। इसलिए लड़का ज़रा आहिस्ता चलने लगा। उसने लड़की का हाथ फिर से थाम लिया। इस बीच उसे याद आया कि अब वे रोज़ाना ऐसे ही हाथ थामे हुए चला करते हैं। उन दोनों को इस लम्हे की ख़ुशबू के उड़ जाने के डर के बीच ख़याल आया कि क्या ये लम्हा ठहर नहीं सकता? काश ये लम्हा सीपी के खोल जैसी किसी स्मृति में ढलकर रह जाए!

उन्होंने फूलों और चीज़ों को उदासीन निगाहों से देखा और फिर सोचा कि रास्तों के फ़ासलों की उम्र क्या हुआ करती है? ख़ुशबू की ज़द

क्या होती है ?

इस वक़्त जो हासिल है, उसका अंजाम क्या है ?

* * *

"सुनो! मैंने सचमुच कुछ नहीं किया। मैं तुम्हारे सिवा किसी के साथ। कभी नहीं। मगर इस बार सब गड़बड़ है। मेरे दिनों का हिसाब खो गया है।"

लड़का हतप्रभ उसे देखने लगा।

क्षणिक अंतराल से लड़की ने अपना सिर ऊपर उठाया। वे दोनों जिस मेट्रेस पर बैठे थे, उसका रंग हरा था किंतु लड़की के चेहरे का रंग हताश लाल और लड़के के चेहरे का रंग उड़ा हुआ पीला था।

लड़की ने कहा- "सोचो, ऐसा कैसे हो सकता है ? मुझे कोई नहीं छू सकता है तुम्हारे सिवा।" उसकी आँखों से आँसू टपक रहे थे।

उसने लड़की को अपनी बाँहों में भर लिया। उसे नहीं जानना था कि क्या हुआ है। वह ऐसा सोच भी नहीं सकता था। उसे इससे राहत चाहिए थी।

ईश्वर बहुत दयालु है। वह सबके लिए कम-से-कम दो-तीन विकल्प छोड़ता है। उनमें से आप चुन सकते हैं। उनके पास भी दो विकल्प थे। पहला था कि वे दोनों एक साथ रुक जाते। और दूसरा कि वे जुदा हो जाते।

उन दोनों ने चाहा कि शिकायत करें लेकिन ईश्वर के आराम में ख़लल डालने का इरादा त्याग दिया। उनको लगता था कि ईश्वर को मोहब्बत से अधिक ग़रज़ नहीं है। उसके रोज़नामचों में ऐसी बेढब हरकतों के बारे में कुछ दर्ज नहीं किया जाता।

अजगर की कुंडली में फँस जाने पर जैसा महसूस होता होगा, वैसा ही हाल उन दोनों का था।

बाज़ार ऐसी हज़ार दवाओं से भरे पड़े थे। जो इस हाल से बचने के दावा करती थीं। बाज़ार ऐसी भी अनेक दवाओं से भरे हुए थे, जो

चार घंटे में इस संकट से उबार सकती थीं। उनके पास और कोई रास्ता नहीं था।

इस हादसे ने पहली बार लड़के की आत्मा पर लिखा। यह लड़की जो इस वक़्त बरदाश्त कर रही है, यह तुम्हारे प्यार में होने की सबसे बड़ी सज़ा है। लड़की ने देखा कि लड़के का चेहरा डूबा-उतरा था। इसका कारण वह ख़ुद को मान रही थी। इस लड़के से ज़्यादा उसकी फ़िक्र किसी को नहीं।

एक रसायन ने हर संभावना और आशंका की हत्या कर दी।

* * *

चौबीस घंटे बाद टाउन हॉल के आगे।

लड़की अपने स्कूटर से उतरकर उसका इंतज़ार कर रही थी। लड़के के पास आते ही उसने कहा- ''अपना हाथ दो।''

लड़के ने हाथ आगे किया। लड़की का हाथ ज्वर से जल रहा था। वह खड़ी-खड़ी काँप रही थी। उसने कहा- ''मैं सिर्फ़ तुम्हारी हूँ।''

खो देने का अहसास कुछ ऐसा होता है जैसे समय की धूल में गुम हुआ कोई शहर याद आए। उस शहर की गलियों की तसवीर दिखाई दे। ऐसा लगे कि इस जगह पर हम पहले भी थे। या किसी कालखंड में यही जीवन पहले जिया जा चुका है। आस-पास पहियों के शोर पर भागता हुआ शहर किसी थ्रीडी फ़िल्म-सा असर जगाता है। वहाँ खड़े हुए उन दोनों को लग रहा था कि वे किसी पिछले जीवन को जी रहे हैं। वे इस जगह और ऐसे ही हाल में पहले भी खड़े थे।

शहर को ज्वर पीड़ित काँपती लड़की और खाई के मुहाने से बाहर आ रहे लड़के से कोई वास्ता न था। वे दोनों इस हादसे से बाहर आने के कष्टों को भूलकर बेहद ख़ुश दिख रहे थे।

पेड़ भी चुप खड़े थे।

टूटे पत्तों की आहटों के साथ, अजनबी रास्तों पर बेवजह टहलते हुए लोग गुज़र रहे थे।

लड़की उसका हाथ छोड़कर घर चली गई। वह अकेला रह गया। उसके साथ लड़की की कही एक बात खड़ी थी कि लेवेंडर की इन पत्तियों पर फूल नहीं खिलेंगे।

मौसम बदल रहा था। हवा का रुख़ भी। अब धूप खिला करेगी और नए फूल उम्र का सफ़र तय करते रहेंगे। अगर लड़का चला गया तो मालूम नहीं अपने प्रेम के एकांत को सँवारने के लिए वह लड़की इस पार्क के कितने चक्कर काटेगी। लोग टहलकर निकल जाया करेंगे और बेंचों की हत्थियों के नीचे ओस की बूँदें बची रह जाएँगी। जैसे बचा रह जाता है एक आँसू। कभी वक़्त की राख से उगकर तमाम बातें हथेलियों पर खिल उठेंगी।

लड़का घर के कमरे में अकेला था।

उसे ख़याल आया कि लड़की की नाभि के पास तितलियों का घोंसला था। घोंसले में हवा की सरगोशी थी। अचानक उसे किसी क़िस्से से आती एक रुमानी अज़ान सुनाई दी है। और वह उस लड़की के बिना बेचैन हुआ जा रहा है। ये किसने पुकारा है मुझे। वक़्त का सिरा कहाँ खो गया है।

वह आवाज़ लगाने लगा- "आओ लौटकर। मुझे मेरी पहचान बख़्श दो।"

* * *

एक रात उसका फ़ोन आया।

"तुम मुझसे प्यार नहीं करते। तुम्हारे पास मेरे लिए समय नहीं है। तुम अब जानबूझकर खोए-खोए रहते हो। तुम मुझे इग्नोर करते हो।" ये आख़िरी बात लगभग चिल्लाते हुए ही कही।

लड़के ने कहा- "मैं तुम्हारा हूँ। मेरा सबकुछ तुम्हारे लिए है।"

लड़की ने रूठे हुए चेहरे से कहा- "मेरे लिए ये सब कुछ बहुत कम है। मुझे इससे बहुत ज़्यादा चाहिए।"

लड़के ने कहा- "क्या?"

लड़की ने कहा– ''मुझे नहीं मालूम कि क्या मगर इस तरह नहीं जी सकती हूँ।''

लड़का उकताने लगा।

लड़के ने कहा– ''तुम जान–बूझकर मुझे इरिटेट कर रही हो। साफ़ कहना नहीं सीखा तुमने कि तुमको क्या चाहिए? तुम साफ़ कहो तो फिर मैं सोचता हूँ कि क्या कर सकता हूँ।''

लड़की ने कहा– ''मुझे कुछ नहीं मालूम। मैं तुमसे बहुत प्यार करती हूँ।''

लड़के ने कहा– ''फिर ये रोने का ड्रामा बंद करो।''

लड़की ने कहा– ''ये तुमको ड्रामा लगता है?''

नीचे लॉन में खिले हुए पौधों पर चाँदनी गिरती तब उनको देखना अच्छा लगता। किंतु पड़ोस की छतों पर लोग जाग रहे होते। उम्मीदें और अनसुलझे सवाल उनकी नींदें चुराए रखते। वे क्या सोचें कि लड़का किसलिए रात को अपनी छत पर भटक रहा था। इसलिए वह अपना ये इरादा त्याग देता। वह सोचता कि अच्छा क्या था? कोई बोसा, कोई स्पर्श या फिर कोई मदहोशी से भरा जाम?

लड़की की माँ ने पूछा था– ''कहो बेटा, अब आगे क्या?''

लड़की ने यही बात उससे भी पूछी थी– ''आगे क्या?''

लड़के ने ख़ुद से कहा–''तुम ज़ाया हो गए हो।'' थोड़ी देर चुप रहने के बाद इसका मतलब समझ नहीं आया। ज़ाया होना क्या होता है। ये जो सुबह–सुबह तिल पर सफ़ेद फूल खिले होते हैं या मोठ की तिकोनी–सी पत्तियाँ मुस्कुराती हैं न, सब एक दिन खो जाते हैं। क्या इनका मिट जाना ज़ाया हो जाना है।

घर के अंदर की चाँदनी चली गई। बस भीगी हुई छत चमकती रहती है, रात भर।

चाँद ने रात का आधा सफ़र तय कर लिया। लड़के ने फ़ोन किया– ''मैं सो जाता हूँ और तुम भी सो जाओ कि रोशनी का लिबास चुभ रहा है।''

उस रात के लिए लड़के ने अरमानों की सुराही को लुढ़का दिया।

* * *

लड़की कार की ड्राइविंग सीट पर बैठी थी। लड़का पास वाली सीट पर बैठा था। वे दोनों रोने से ज़्यादा उकताए हुए थे। उनके बीच कुछ ज़रूरी काम आकर बैठ गए थे। ऐसे काम जिनको टाला नहीं जा सकता था। वे दोनों कुछ कर नहीं सकते थे कि दुनिया के इसी ढब चलने की रवायत थी। लेकिन वे एक-दूजे को जी भर कर चूम सकते थे, अगर बारिश होती।

सच अच्छा रहता कि बारिश होती और एक-दूजे का हाथ थामे सड़क के किनारे कार में बैठे रहते। इस तरह बहुत-सा वक़्त साथ में बिताया जा सकता था। वे एक-दूसरे को देखकर हतप्रभ होते कि फिर से मिल गए हैं। और इसी ख़ुशी में फिर चुप हो जाते। फिर थोड़ी देर बाद कार के पायदानों के नीचे से सरककर कई बातें उनके बीच आ बैठती। इस तरह मिलने के सिलसिले को वे गरम कॉफ़ी की तरह सिप करते जाते और इस स्वाद को दुनिया का लाजवाब स्वाद बताते। ऐसा स्वाद जो बिछड़ते ही गाढ़ा होने लगता।

''सुनो, तुम्हारा-मेरा ये रिश्ता क्या है?''

लड़की ने मगर ऐसा सख़्त सवाल ही पूछा। लड़के ने उसकी ओर देखा ही नहीं। वह सर्कल के बीच लगी घास में खेल रहे बच्चों को देखता रहा। लड़की ने कहा- ''तुम इस तरह हफ़्तावार मिलते हो और भूल जाते हो। मालूम है? मैं दिनों को कैसे काटती हूँ?'' लड़का अब भी उधर ही देख रहा था।

लड़के ने कहा- ''मैं तुमसे प्रेम करता हूँ।''

लड़की ने कहा- ''फिर कुछ ऐसा करो कि हम साथ हो सकें।''

लड़के ने लड़की का हाथ थामना चाहा। लड़की ने उसे नज़रअंदाज़ करते हुए मुँह फेर लिया। उसकी आँखों में बेहिसाब आँसू थे। लड़की ने कहा- ''देखो सवाल ये नहीं है कि हम एक साथ रहें। सवाल ये है कि

मुझे मालूम रहे कि तुम सचमुच मुझसे प्रेम करते हो। तो मैं सिर्फ़ इसी सहारे भी जी सकती हूँ।''

कार पर बारिश नहीं गिर रही थी।

धूल, हवा के पंखों पर सवार थी। सूरज फूँक मारकर गोल-गोल धूल उड़ाता हुआ खेल रहा था। लड़के ने ऐसे सवालों का अभ्यास नहीं किया था। वह अक्सर तनहा कमरे में दोपहर के वक़्त प्यार करने के ख़्वाब देखने में समय गुज़र दिया करता था। आले में रखी किताबें और रजिस्टर में महबूब की तारीफ़ में लिखी हुई चंद बेढब पंक्तियाँ सुस्ताती रहती थीं।

बड़े कमरों में रखी हुई चीज़ें अक्सर अपने आकार से अधिक छोटी जान पड़ती थीं। इससे प्यार की जगह और बढ़ जाती थी। उसे लगता था कि शादी करना और साथ रहना कोई प्रेम उपजाने का कारख़ाने थोड़े ही होते हैं। जब हम साथ नहीं होते हैं तब भी हमारे पास आपस में बाँटने के लिए ऐसी ही कितनी ही बातें बची रहती हैं, जिनसे प्रेम की ख़ुशबू आती है।

लड़का दुआ कर रहा था कि बारिश हो।

गुज़ारिशों के बाद भी बारिश नहीं हुई। कितना अच्छा होता कि किसी ज़ीने पर हमारे पुराने दिन बैठे होते और हम मिलते पहली-पहली बार फिर से।

* * *

यह कुछ ऐसा ही है जैसे यह सोचना कि दीवार के उस पार क्या है?

लड़की अपने बिस्तर पर उलटी लेटी हुई आँगन को देखती या पीठ के बल सोते हुए छत को ताकती। सोचती कि बाहर की हवा में ठंड है। अचानक कोई झोंका आता। हवा इस तरह से बदन को छूती जैसे उसने आहिस्ता से छू लिया हो। अभी एक बार छुआ थोड़ा रुककर तेज़ी से दो-तीन बार फिर से छू लिया। लड़की एक छोटे से इंतज़ार के बाद उसे

भूलने को ही होती। उसी वक़्त हवा फिर से आती। जैसे किसी ने अपने ठंडे हाथ धीरे से गाल पर रखे और वापस खींच लिए।

ये कौन है जो मेरे मन को दरवाज़े के बाहर खींच ले जाता है? वहाँ अँधेरा है। सच में हमारे रिश्ते में भी कितना अँधेरा है!

मैं उसका क्या करूँ? छोड़ दूँ?

लड़की का मन बाहर ही अटका रहा। हवा की छुअन एक बहाना भर थी। संभव है कि उसी की प्रतीक्षा थी और वह उसे अपने-आप से छुपा रही थी। नहीं लड़की शायद ख़ुद को तैयार रह रही थी कि उसे कह सके- "अब बस!"

उसने क्या पाया था? बेक़रारी, तनहाई, इंतज़ार और उदासी। वह किसलिए एक ऐसी ही ज़िंदगी को जिए? उसका गुनाह क्या है? क्यों कोई ऐसा रिश्ता हो जिससे सिर्फ़ ये ही सब हासिल हो? सुकून, संग, प्रेम और आनंद जैसी चीज़ें क्यों नहीं है इस रिश्ते में?

हाँ, उसने तय किया कि वह कह देगी। अब बस!

* * *

एक फ़ासले ने बरस चुरा लिए।

सब कुछ बदल गया था। ईश्वर ने अपना परीख़ाना सजाने के लिए सारे हरे रास्ते चुरा लिए थे। लोगों से कहा तुम अपने लिए सड़कें बना लो। उन्होंने ऐसा ही किया। एक बड़े रास्ते के बराबर दो छोटे रास्ते पैदल चलने के लिए बना लिए। उन रास्तों के बीच घने नीम खड़े थे। वे आगे निकल गए लोगों को याद करने या फिर किसी के आने की उम्मीद में सुस्ता लेने के लिए थे। धूप का आईना दूर तक फैला था। उस पर पेड़ों की छाँव थी। जैसे हथेली में रची मेंहदी की बिंदियाँ हों।

लड़के को वहाँ से गुज़रते हुए ख़याल आया कि पीले फूलों की बहार है जबकि दूर तक कोई बाग़ीचा, कोई खेत नहीं था। उसने टूटते हुए बदन का बोझा उतारकर एक पत्थर पर रखा। बरसों से अपने कंधे पर लटकी हुई छाया को देखा। कमर पर बँधी सलवटों से भरी समय की

पेटी को छुआ और कबीर को याद करते हुए, इस सारे असबाब के खो जाने की दुआ की।

नीम लड़के से बतियाने लगा।

"इधर क्यों बैठे हो?"

"मुझे कई दिनों से बुख़ार है और मैं ज़्यादा चल नहीं सकता हूँ।"

"यहाँ से कहाँ जाओगे?"

"मालूम नहीं।"

"फिर भी?"

"महबूब के घर।"

"महबूब का घर तो दिल में होता है?"

"मैं उसी दिल को खोज रहा हूँ।"

"मैं कौन?"

"नीम! बंद करो अपने सवाल। मुझे घड़ी भर छाँव में बैठने दो।"

लड़का रोने लगा।

नीम ने ऐसी कई उदासियाँ देखी थीं। उसने पास के घर में खड़े हुए गुलमोहर से कहा- "आसेबज़दा इंसान अक्सर इसी तरह चलते हुए थककर बैठ जाते हैं और फिर रोने लगते हैं।"

नीम की बात सुनकर लड़का बेतहाशा भागने लगा। वह भागकर एक रंगीन लिबास में छुप गया। यह लड़की का पैरहन था। सात साल के रंगों से भरा हुआ।

लड़की ने पूछा- "अब तक कहाँ थे? मैं तुम्हें हर जगह देख कर आई।" लड़का कुछ बोला नहीं। लड़की ने उसकी नम आँखों को दुपट्टे के पल्लू से पोंछते हुए कहा- "इतना मत सोचो। नीम के पेड़ सठिया गए हैं। वे मोहब्बत में डूबे हुए लोगों को प्रेतात्माओं से पीड़ित समझते हैं।"

लड़के ने कहा- "वे सही कहते हैं। वरना कैसे तुम इस तरह हर बार याद करते ही मिल जाती हो।"

लड़के ने अपना सिर झुकाकर लड़की के सीने पर रख दिया। लड़का

कहने लगा- "तुम कुछ भी हो पर मैं तुम्हें खोना नहीं चाहता हूँ।"

लड़की के लिए यह कोई नई बात नहीं थी। वह उसके मुँह से ऐसा सैकड़ों बार सुन चुकी थी फिर भी उसे हर बार सुनना अच्छा लगता था। उसने लड़के के बाएँ हाथ को बीच से पकड़ा और कहा- "चलो।"

उसका हाथ पकड़े हुए लड़की अंदर से रोने लगी। वह चाहती थी कि लड़का उससे कहे, तुम मत रोओ। लड़का चलते हुए एकाएक ठिठका और लड़की की आँखों में देखकर बोला- "तुम रो रही हो?"

लड़की ने कहा- "नहीं मैं ख़ुश हूँ। देखो कितने पीले फूल खिले हैं!"

दूर तक रास्ते के सभी घरों के दरवाज़े बंद थे और सड़कें सूनी थीं।

* * *

लड़का उस लड़की की परछाईं था। लड़की क्या थी ये सच सिर्फ़ नीम के पेड़ को मालूम था। फ़रवरी का आधा महीना बीत चुका था। नीम पर कच्ची कलियाँ फूट रही थीं। तने के पास पत्थरों के घेरे के बीच लकड़ी के बक्से रखे थे। लकड़ी के बक्सों के किनारों पर चमड़े के पैबंद लगे थे। मोची मुसाफ़िर के जूतों से धूल झाड़ रहा था। हवा में ठंडक थी फिर भी मुसाफ़िर पानी की दीवड़ी को हसरत से देखते हुए बोला- "ज़रा और मज़बूत कर दो जूते कि महबूब का घर उम्र के उस पार है। उम्र जो बुझ जाती है धूप के आईने के इस तरफ़।"

श्रुति सिंह चौधरी, यह तन्हाई कैसी है

रेगिस्तान का एक छोटा-सा क़स्बा था। साधारण जीवन था। मंथर गति से चलता रहता था। पुराने शहर की भीतरी तंग गलियों वाले बाज़ार से दो किलोमीटर दूर नयी बसावट थी। मैन रोड के किनारे बसे मोहल्ले की तीसरी गली में श्रुति का घर था।

घुँघराले बाल। साँवला रंग। और सपाट, कठोर चेहरा, जिसमें कभी-कभी तांबई झलक आती थी। मुस्कराहट उस पर खिलती नहीं थी। उसकी आँखों में हैरानी की जगह एक सीली-सी उदासी ठहरी दिखाई देती थी।

श्रुति को देखने पर ऐसा ही दिखाई देता था।

उसके पास चुप्पियाँ थीं। वे चुप्पियाँ घर में हर जगह टँगी रहतीं। झाड़ू की खसर-खसर और बरतनों के धुलने की आवाज़, उस घर में किसी के होने का आभास देती थी। इस पर भी कभी-कभी धुलते हुए बरतनों की आवाज़ आना एकाएक रुक जाती। बहुत देर तक पानी की टप-टप गूँजती रहती। श्रुति कहीं खो जाती थी। वह जो सोचती थी, वो

केवल वही जानती थी। उसकी सोच में माँ की आवाज़ से दरारें पड़ती थीं। और सोच का किला ढह जाता था।

बरामदे से माँ की आवाज़ आती- "कुछ कहो तो सुनती नहीं। कुछ पूछो तो जवाब नहीं देती।"

माँ बड़बड़ाती- "गाँव में पाँच कोस दूर से पानी लाना होता था। सब बर्तन एक लोटे पानी में धुल जाया करते थे। अब यहाँ पक्का मकान बना तो पानी की टंकी ऊपर रख दी। जब चाहो नल खोलो और ऊपर पानी न हो तो मोटर से चढ़ा लो।" माँ की इन बातों में ज़्यादा आग्रह नहीं होता। ये बातें किसी ख़राब मशीन से अचानक आने वाली आवाज़ की तरह होती थीं।

माँ की आवाज़ घर में समय-असमय उग आने वाले एकांत को पोंछती थी। बच्चों को बोलते हुए न सुनती तो अपना मन बहलाने के लिए दीवारों से बोलती रहती। घर माँ की आवाज़ से बेख़बर चुप ही रहता था। माँ के इतने आग्रहों के बाद भी घर की कोई चीज़ वाचाल होना नहीं सीख पाई थी। सब एक ही रंग में ढले थे, ख़ामोशी के रंग में।

माँ की ही तरह सब चीज़ों के पास भी अपनी आवाज़ थी। वे भी बोलती थीं। वे कोई बहुत ज़्यादा चीज़ें न थीं। बस उतनी ही थीं, जितनी से रसोई बन जाए। वही जानी-पहचानी चीज़ें। चार स्टील के ग्लास, तीन थालियाँ, पाँच चाय के कप और बेलन-परात-तवा और एक मकराना के पत्थर का बना हुआ दस्ता।

माँ की आवाज़ें बरामदे से रसोई तक आते-आते बिखर जाती थीं।

घर में रसोई सबसे अलग और एक गरम अहसास था, जो बाँध के रखता। सर्दियों में ज़रा कम कपड़ों की ख़्वाहिशें यहीं पूरी होती। गरमी के दिनों में रसोई से निकल छत पर जाने में श्रुति को अच्छा लगता। नल की टप-टप को बंद करके श्रुति ने पिछले साल धनतेरस को आई नई थाली को अपने मुँह के सामने रखा। मगर ज़्यादा देखने की इच्छा बची नहीं थी। उसने तुरंत कुर्ते के अगले पल्ले को दोनों हाथों से उठाया और मुँह से पसीना पोंछने लगी।

एक बीते हुए दिन का ख़याल था। उसकी गरदन पर चिपका था।

क्या ख़याल भी टूटे बाल की तरह होते हैं? अचानक कहीं चिपक जाते हैं। हाथ नहीं आते। देर तक चुभते रहते हैं। माँ जब भी कंघी करती, अपने टूटे हुए बालों का गुच्छा बनाती फिर उन्हें गीला करके बाहर गली के किसी कोने में सलीक़े से फेंक आती थी। माँ के पास भी क्या ऐसे ख़याल थे जो तेज़ी से टूटते रहते थे?

श्रुति को फिर उसी ख़याल ने छुआ। कल विजय ने यहाँ चूमा था। अब उस जगह यह बाल चिपक आया है। क्या वह संजीदा था? पता नहीं। श्रुति ने अपने अँगूठे और तर्जनी के नाख़ून से बाल को हटाना चाहा मगर वह सही पकड़ में नहीं आया। एक बार फिर कोशिश की पर वह हाथ में नहीं आया। वह सिहर उठी कि कहीं कल भी कोई खरोंच का निशान न रह गया हो। हालाँकि ग़लती उसकी ही थी कि जल्दबाज़ी दिखाई। डिस्प्ले हेंगर्स के बीच से आराम से निकला जा सकता था। उस समय विजय उसके ठीक सामने खड़ा था। क़रीब, बेहद क़रीब। उसके हाथों में जो ख़ुशबू थी, वह श्रुति के कंधों पर उतर रही थी। अचानक जाने कहाँ से वीरेंद्र अंकल जैसा एक ग्राहक आ टपका था। इसलिए वह हड़बड़ी में मैंस वीयर रैक के पीछे से निकली थी।

हाथ उसका फिर वहीं जाकर अटक गया। उसी गाल पर जहाँ लगता था कि कोई टूटा बाल चिपका हुआ है।

बरामदा सूना था। माँ शायद बाहर बतियाती होगी यह सोचकर वह बाईं दीवार पर लगे आईने के सामने जा खड़ी हुई। निरी पागल है। ख़ुद को कोसते हुए तुरंत फ्रीज़ की ओर लपकी। बर्फ़ के साँचे से कुछ टुकड़े निकाले और हाथ में ले आई। गर्दन के पास एक छोटी लाल लकीर बची थी। ऐसा तो नहीं था कि उसने इतना चूमा हो। यही सोचते हुए उसने बर्फ़ को गरदन पर वहीं रख दिया। गरदन पर जो ठंड की सिहरन थी वह जल्द ही जलन में बदल गई। उसकी अँगुलियाँ अकड़ने लगीं।

उसने आँखें बंद कर ली थीं। बंद आँखों में विजय उसके सामने खड़ा था, यह कहता हुआ कि पागल हो तुम। दर्द है तो दवा भी है। ऐसे

ही किसी एकांत भरे दिन में उसने चूमा था। वही जानता था कि इस तरह के गुलाबी-कत्थई होते हुए निशानों को कैसे हटाया जाए। वह विजय को मनाती रही कि यह ग़लत काम है। वह कहता था कि तुम्हारे पास इस तरह मैं सबसे अधिक ख़ुशी पाता हूँ। मुझे लगता है कि तुमको मैंने चुराकर अपने भीतर रख लिया है। उसने इन बातों को साफ़-साफ़ इसी तरह भले न कहा हो मगर अर्थ तो यही था।

निशान छोड़कर लोग क्यों चले जाते हैं? विजय भी क्यों चला गया?

जैसे बरसात में मिट्टी के खिलौने पिघलकर मिट्टी हो जाते हैं। वह मिट्टी था, मिट्टी हो गया। श्रुति तनहा रह गई थी। गली में शोर गूँजा करता लेकिन वहाँ होता कोई न था।

श्रुति के सपनों में विजय की माँ रोती थी। जिस बाइक ने श्रुति से विजय और विजय से जीवन छीन लिया था, वह बाइक दो सालों तक बरामदे में खड़ी रही। विजय के पिताजी उस बाइक को कबाड़ी को बेच रहे थे। विजय की माँ चिल्ला रही थी 'मेरे बेटे की है'। विजय के पिताजी ने कोई आवाज़ न सुनी। विजय की माँ की तरह श्रुति को भी उस बाइक को देखकर यक़ीन होता था कि एक दिन विजय लौट आएगा।

कबाड़ी वाले जाने क्या-क्या ख़रीदते हैं? काश! वे उन दोनों के चूमने की स्मृतियों को भी बिना दाम के अपने साथ ले जाते। मगर ऐसा कोई सौदागर उस गली से नहीं गुज़रा। उस गली से विजय की याद गुज़रती थी। उस गली से श्रुति का बुझा हुआ इंतज़ार गुज़रता था।

यह तीन साल पहले की ही बात थी। विजय उसे कितने दिनों से देख रहा था। इसका श्रुति को इल्म न था। जिस दिन निगाहें मिलीं, उसी दिन मालूम हुआ कि इस चार दरवाज़े वाले मकान में कोई लड़का रहता है। वह लड़का बस उसको देखा करता था। उसके मन में ज़रूर कोई बात रही होगी कि वह रोज़ शाम ठीक पाँच बजे घर के दरवाज़े पर मिलता था। दो-तीन बार नज़रों के मिलने के बाद भी कोई ऐसा फ़िल्मी दिन नहीं आया। जब कोई साँड गली में दौड़ता हुआ आ रहा हो। या कोई उसके दूध की

डोलची छीन के भाग जाए या कोई उसे छेड़कर हँसता रहे। सच ऐसा कोई काम आया ही नहीं, जिसमें वह लड़का किसी नायक की तरह आकर अपनी नायिका को बचा लेता। वे एक-दूजे को देखते थे मगर इतने दिनों में हीरो जैसा काम हो सकने लायक़ माहौल बना नहीं। इसलिए एक शाम श्रुति ने उस लड़के को अपनी आँखों से इशारा करके पूछा- "क्या देखते हो?" जवाब में लड़के के चहरे पर एक मुस्कान आई। जैसे वह इसकी प्रतीक्षा में ही था।

यह उन दो अनजान लोगों के बीच की पहली बातचीत थी।

घर में घुसते ही श्रुति को लगा कि वह जाने कितनी ही देर से बाहर खड़ी थी। कमरे के दरवाज़े के पल्ले को थामे हुए वह बहुत देर तक कुछ सोचती ही रही।

उस शाम का क्या हाल हुआ कुछ कहा नहीं जा सका। मगर अगले दिन भी विजय दरवाज़े पर ही खड़ा था। उसने कार के विंडो पर अपने मोबाइल नंबर लिखे। लेकिन वह अनदेखा कर आई।

इन कुछ एक दिनों में शाम के ठीक पाँच बजते और उसके पाँव दूध लाने जाने को मचल उठते। एक छोटी-सी गली को पार करते हुए रास्ते की दूरी में पल-पल अंतर आता था। उसे लगता कि अभी विजय गली में होगा। न हुआ तो घर से भागता हुआ आएगा। या अचानक सामने, ठीक सामने खड़ा होगा। श्रुति ऐसा सोचते हुए सिर झुकाए चल ही रही थी कि वह टकरा गई। विजय था। उसने श्रुति का हाथ पकड़ा। उसके हथेली में एक पर्ची रखी और बंद कर दी। बिना कुछ कहे चला गया। श्रुति ने गली में दूर-दूर तक देखा। वहाँ देखने वाला कोई न था। उसकी बेक़ाबू साँसें धीरे-धीरे आश्वस्त होने लगी।

उस पर्ची में विजय का नंबर था। इसके जवाब में श्रुति ने एक शाम उसको अपना नंबर दे दिया।

पहले-पहल कुछ संदेश आते थे। कभी वह एक संदेश वापस करती तो उसके एवज़ में उस दिन दस संदेश आते। एक मैसेज की बीप के साथ ही उसके दिल की एक धड़कन फिसल जाती थी। वह चौंक उठती थी।

जैसे विजय ने ख़ुद उसे छू लिया हो।

मैसेज पढ़ने से पहले उजले दिन में भी वह कमरे के दरवाज़े बंद करती। खिड़कियों पर परदे डालती। एक अँधेरा रचती। ऐसा करने से उसके मन को आराम मिलता था। जहाँ हाथ को हाथ न सूझे, वह वाला अँधेरा उसका परम मित्र था। ऐसे में वह कुछ भी सोच सकती थी। अँधेरा कुछ भी सोचने को आश्वस्त करता है। श्रुति में छोटी-छोटी ख़्वाहिशें जागने लगीं थीं। दिन के उजाले में ये ख़्वाहिशें उसे छोटे-छोटे अपराध लगती थी। जैसे उसने विजय को बाँहों में भर लिया है। या आगे बढ़कर उसे चूम लिया है। या इसी तरह की कुछ ख़्वाहिशें।

श्रुति ने एक दोपहर विजय को फ़ोन किया। दो बार रिंग की फिर काट दिया। तीन बार विजय का फ़ोन आया। उसने उठाया नहीं। उसने फिर से रिंग की और काट दिया। फिर विजय के फ़ोन से रिंग आई। इस बार उसने उठा लिया- "क्या करोगे तुम मेरे लिए?"

उधर क्षण भर की ख़ामोशी के बाद आवाज़ आई। "न पूछो क्या करूँगा। अभी तो ये जान लो कि मेरे जीवन का सबसे बड़ा सपना सच हुआ। तुमसे बात कर रहा हूँ।"

श्रुति विजय की आवाज़ सुनते हुए सिहरन से भर उठी। विजय की आवाज़ केवल आती नहीं थी वरन वह आवाज़ उसे छूती थी। इस छुअन से श्रुति के बदन के रोयें खड़े होने लगे।

पहला-पहला नशा था। ऐसा नशा कि सिलसिला चल पड़ा। ऐसे ही बातों का सिलसिला चलता रहा। इसी सिलसिले से एक रास्ता विजय के रेडीमेड गारमेंट्स के शो रूम तक भी जाता था। विजय अकेला ही अपने रेडीमेड गारमेंट का शोरूम देखा करता था। यह उनका पुश्तैनी धंधा नहीं था। विजय के पिताजी ईंटें बेचने के कारोबार में थे। विजय ने उस पुश्तैनी काम को छोड़कर रेडीमेड गारमेंट्स का काम शुरू किया था।

विजय से मिलने में एक ब्रेक आया। श्रुति के पिताजी घर आ गए।

वे साल में दो बार घर आते थे। पिताजी घर आते ही कहते- "बेटा तेरे को क्या चाहिए?" उसने ख़ुद कभी सोचा नहीं था कि पापा से क्या

माँगा जाए। वह बस उनके आने की राह देखा करती। ठीक वैसे ही जैसे माँ दीवारों से बातें किया करती थी।

पिताजी जिस दिन आए माँ उसी दिन सारे दुख-सुख बाँटने में बिज़ी हो गई। उसने अकेले घर का सारा काम किया। झाड़ू से लेकर रसोई तक। फिर नहाने चली गई। उसकी पिताजी से कुछ बात नहीं हुई। पिताजी बाहर चले गए और वह खाना खाकर कॉलेज चली गई। शाम चार बजे लौटी तब माँ और पिताजी आमने-सामने की चारपाई पर बैठे थे। उसके घुसते ही माँ चुप हो गई और पिताजी मुस्कुराने लगे।

''बेटा तेरे लिए एक स्कूटर ले लूँ?''

वह बोली- ''क्या काम है? कॉलेज पास में ही है और कहीं जाना नहीं।''

उनकी इस छोटी-सी बातचीत के बीच माँ ने कहा- ''मैं दूध ले आती हूँ'' उन्होंने बरनी उठाई और बाहर चली गई।

पिताजी छत को ताकते हुए चारपाई पर लेटे रहे। जैसे जंगल-जंगल भटककर आदमी अपने घर लौट आया हो। जैसे समंदर की लहरों के थपेड़े खाकर अशक्त नाव को किनारे पर लंगर डालने का मौक़ा मिला।

जगदीश प्रसाद की आमदनी बीस हज़ार रुपये थी। उन दिनों की बात है, जब चालीस रुपये लीटर पेट्रोल, बीस रुपये किलो दूध मिलता था। उनकी तनख़्वाह को घर की चीज़ें खाती। बाक़ी जो बचता उसे घर की दीवारें खाने लगती थीं। घर कई बरसों से क़िस्तों में बन रहा था। जब से होश संभाला था, ज़िंदगी क़िस्तों में चुक रही थी।

श्रुति ने सोए हुए पिताजी पर एक नज़र डाली फिर उनकी चारपाई के पास आँगन पर बैठ गई। तभी माँ आई। माँ ने एक बार पिताजी को देखा और फिर बरामदे को देखते हुए रसोई में चली गई।

वह पीछे-पीछे रसोई में गई और माँ से कहा- ''तुम पिताजी के पास बैठो। मैं चाय बनाती हूँ।''

भगोने में चाय उबल रही थी। पिताजी चारपाई पर बैठे थे। माँ उनके पाँवों के पास बैठी थी। एक पुराने घाघरे को कसुम्बल रंग के धागों से

फिर रो टी लेने के लिए गोद में रखा हुआ था। माँ का आधी उघड़ी हुई टाँगों में बैठना श्रुति को अखरता था। उसने रसोई से देखते हुए सोचा कि आज पिताजी घर में हैं तो बैठने का भी कोई तरीक़ा होना चाहिए। माँ ऐसे ही फैलकर बैठती थी। उसने उफन आती चाय को हल्की फूँक दी, जैसे विजय उसके उफनते हुए मन को बुझा देता था।

चाय को देखते हुए श्रुति को याद आया। एक रात दीदी भी ऐसे ही बहकी हुई बातें करती हुई करवटें बदलती रही। अगली सुबह उसने कुछ कहा नहीं। मगर सच तो यह था कि दीदी नहीं जानती थी कि हम किसी को क्यों चाहते हैं? और क्यों कोई हमें चाहता है?

पिताजी आँगन को देखे जा रहे थे।

जगदीश प्रसाद ने अपनी जवानी के ज़्यादातर बरस काली चाय और बिना फ़िल्टर वाली चार्म्स सिगरेट के सहारे बिता दिए थे। वे नौकरी पर होते मगर देह से अलग मन कहीं और हुआ करता। उनको दुःख था कि काश! घर के आस-पास ही कोई नौकरी हुआ करती। वे रोज़ बच्चों को मिल लेते।

बच्चों से दूर ज़िंदगी के ठहरे हुए दृश्यों में कभी पागलपन छाने लगता था। उदास मौसम से लड़ने में सिगरेट का कसैला स्वाद हमेशा कारगर नहीं होता था। रोज़ यूनिफ़ॉर्म का तैयार होना। रोज़ पहना जाना। रोज़ की दुआ-सलाम। रोज़ आने वाली स्याह तनहा रातें। ऐसी ही चुनिंदा चीज़ों से घर ग़ायब रहता तो वह और शिद्दत से याद आने लगता।

इस बार वे आठ महीने बाद घर आए। जब भी घर में होते कप से चाय के घूँट नहीं भरते। चाय को कटोरी में डालकर पीना पसंद करते। बाहर काम क़रने वाला आदमी घर आते ही सारे क़ायदे भूल जाता है या फिर उसके अवचेतन में बैठे पीढ़ियों के संस्कार जाग उठते हैं। माँ घुटने पर रखे घाघरे में सुई और धागा टाँककर चाय पीने लगती। श्रुति देखती कि घर के आँगन में माँ और पिताजी को एक साथ देखना कितना अच्छा है। अक्सर कुछ चीज़ें और लोग एक साथ अच्छे दीखते हैं।

खिड़कियों का रंग कहीं से उतरने लगा। सात-आठ साल हो गए इस

घर को बनते हुए।

जिन दिनों जगदीश प्रसाद की नौकरी लगी तभी उनके बाबा ने छोटी-सी श्रुति को कह दिया था- ''बेटा तेरा बाप तो हर महीने सरकारी तनख़्वाह पाता है। उससे कहो, तुमको अपने साथ ले जाए। यहाँ साल भर खाने लायक़ दाने भी नहीं होते हैं।'' रेगिस्तान में बरसात कम ही होती थी। लेकिन असल बात थी कि छोटे चाचा के पास काम-धंधा नहीं था। उससे भी असल बात थी कि चाची और माँ की बनती नहीं थी। कई साल तक घर में दबे-छुपे झगड़े हुए। उन झगड़ों से जब जगदीश प्रसाद थक गए तो उन्होंने शहर में यह घर बनाना शुरू किया।

आदमी जब घर बनाने लगता है तब ख़ुद बिखरता जाता है। ये भौतिकी का नियम है कि कुछ भी क्षय नहीं होता, रूपांतरित हो जाया करता है। इसी नियम से जगदीश प्रसाद एक नौजवान से घर में तब्दील हो गए। तीन कमरे, रसोई और शौच-स्नान के स्थान बन गए। एक कमरे को छोड़कर बाक़ी के दरवाज़े पूरे नहीं बन पाए। अगली छुट्टी आने तक सात-आठ महीने चौखटें ही दरवाज़ों का आभास देती रही। पिछली तरफ़ बने कमरे की अधूरी खिड़की से विजय का घर दिखता था।

गरमी की एक दोपहर विजय ने इन अधूरी खिड़कियों को देखते हुए कहा- ''देखो! ये खिड़कियाँ कितनी अच्छी लगती हैं, हमेशा खुली रहती हैं!''

उसने रोष प्रकट किया- ''तुम मेरे पिताजी का मज़ाक़ बनाते हो?''

विजय ने कहा- ''ऐसा मत सोचो, देखो खिड़कियाँ बिना शर्त के रिश्तों जैसी लग रही हैं।''

ऐसा कहते समय विजय अपने घर की दसियों खिड़कियों को देखने लगा।

उसने पूछा- ''क्या तुम्हारे घर की सब खिड़कियाँ बंद कर लें तो दिन में भी अँधेरा हो जाता है?''

''क्यों?'' विजय ने पूछा।

उसने हल्की निगाह से देखा और विजय से कहा- "मुझे अँधेरा पसंद है। अँधेरा मुझे आराम देता है। अँधेरे में मेरे डर ग़ायब हो जाते हैं। उजाला सब चीज़ों को अलग करता है और सब दूर होते जाते हैं। जब मैं अँधेरे कमरे में बंद होती हूँ तब सब चीज़ों के भेद मिट जाते हैं।"

यह कहकर वह उठी और अंदर चली गई। एक ग्लास में पानी लेकर आई। विजय खिड़की के पार सूनी गली को देख रहा था।

"बहुत मुश्किल होगी।"

"कैसी मुश्किल?"

"मुझे अँधेरा पसंद नहीं है। मैं उजाले में लंबी यात्राएँ करना चाहता हूँ।"

"मुझे चलना पसंद नहीं, मैं एक जगह ठहर जाना चाहती हूँ।"

"मुझे लगता है कि तुम डरी हुई हो। इसलिए अपने आस-पास की चीज़ों से बाहर नहीं निकलना चाहती।"

"तुम जो दूर-दूर भाग जाने की ख़्वाहिशें रखते हो वास्तव में ये है डर।"

"हम इस पर बहस क्यों कर रहे हैं?"

"पता नहीं पर कुछ ऐसा तो है, जो हमारे बीच कॉमन है।"

विजय ने उसका हाथ अपने हाथ में लिया। थोड़ा और पास सरक आया। इस छुअन के अहसास से मौसम बदल गया। वह उठी और कोने की तरफ़ सरक गई। यात्री को चलने की होड़ थी। वह उसके और पास हो गया। विजय श्रुति की और बढ़ रहा था। श्रुति रोशनी से दूर एक कोने में अँधेरे के पास सरक रही थी। कमरे के सबसे कम रोशन कोने में पहुँचते ही दीवार ने थाम लिया।

श्रुति ने अपनी हथेलियाँ दीवार पर रखीं। उसको लगा कि दीवार उसे अपने अंदर भर लेना चाह रही है। इसी ख़ुशी भरे विचार से वह पुलकित हो उठी कि वह दीवार के गहरे सख़्त अँधेरे में समा जाने वाली है। विजय की गरम साँसें और दीवार की हल्की तपन की छुअन आपस में घुल गईं। सबकुछ घुल-मिल गया। हवा और पानी, धूप और छाया, तू और मैं जैसा

कुछ भी नहीं बचा।

श्रुति दीवार और विजय के बीच का घना अँधेरा हो गई।

श्रुति के मामा का घर पचास किलोमीटर दूर था। माँ दो-एक महीने में वहाँ जाया करती। सुबह जाना और शाम को लौट आना। विजय और उसके बीच सबसे ज़्यादा बातें उसी दिन होती थीं। वह पिछली गली से आता। दरवाज़े की चौखट के आगे रखे लकड़ी के पट्टे को फाँदकर आता, इस तरह आते हुए स्कूल का कोई छोटा लड़का-सा दिखता। जिस दिन विजय आता, श्रुति उस दिन खिड़की पर बोरिया टाँगकर रखती। खुला-सा रहने वाला कमरा पेड़ की घनी छाँव में बदल जाता।

वे दोनों आँगन पर बैठे रहते। विजय उसे छेड़ना चाहता। वह पालथी मारकर बैठती फिर उसका सर अपनी गोद में रख लेती। विजय कहता- "तुम्हारे कर्ली हेयर्स मुझे बहुत अच्छे लगते हैं।" वह उनमें अपनी अँगुलियाँ घुमाने लगता। श्रुति उसके हाथों को रोककर मरोड़ देती तो दोनों के चेहरे क़रीब आ जाते। वह तुरंत छिटककर दूर हो जाती। ऐसे दूर होते ही वे बातें करने लगते। विजय उसको कुछ-न-कुछ अपने बारे में, मोहल्ले के बारे में, बाज़ार के बारे में बताया करता।

एक बार विजय ने उसे अपने बचपन की बात बताई।

"मैं जब दस साल का था तब हमारे पड़ोस से एक मंदबुद्धि किशोरवय बालक एक दिन ग़ायब हो गया। उसकी माँ के रोने की आवाज़ अपने घर की छत से सुनाई देती थी। मैं डरकर वहीं बैठ जाया करता था। ऐसा लगता था कि मैं खो गया हूँ और मेरी माँ रो रही है। उसके जाने ने पूरे मोहल्ले को उदास कर दिया था। औरतें उसकी माँ से कुछ दिनों तक नियमित मिलने आती रहीं। फिर धीरे-धीरे औरतों का मिलना आना कम हो गया। कुछ लोग कहते थे कि इस तरह किसी के चले जाने से बेहतर है कि उसकी बुरी ख़बर सुन ली जाए। वह गायब होने वाला लड़का जिन चार गलियों में खेला करता था, वहाँ सूनापन पसर गया था। कई दिनों तक हर कोई डरता रहता। कुछ लोग सोए-सोए ही अपने खो जाने के डर में समा जाते और रात को चौंककर उठ बैठते।"

उस खो जाने वाले लड़के की बात सुनाते हुए विजय ने श्रुति को पूछा- "सुनो, ऐसे ही कभी मैं भी खो गया तो?"

उस उन्नीस साल की लड़की ने खींचकर एक चाँटा लगाया।

विजय विस्मय भरी आँखों से देखने लगा। विजय के देखते-देखते ही उसका ग़ुस्सा क्षण भर में ही रोने में बदल गया। विजय चुप-सा बैठा रहा। वह कोने में हिचकियाँ भरती रही। एक छोटी-सी चुप्पी के बाद उठकर विजय ने उसकी बाँह पर हाथ रखा। वह उठ खड़ी हुई और रोते हुए उससे चिपक गई। सिसकियों में जो शब्द थे, वे विजय को जान से मार देने की धमकियों भरे थे। उसने अगर फिर से इस तरह खो जाने की बात की तो वह सचमुच उसका गला दबा देगी।

एक दिन वही विजय गला दबाने के लिए नहीं रहा।

दोस्तों के साथ पिकनिक पर गया था। लौटकर न आ सका। उस दिन से अँधेरा अप्रिय हो गया। जिस अँधेरे से उसे गहरा प्रेम था। वह उसी अँधेरे में डरने लगी। अब उसे प्रकाश से भरी हुई जगहों पर थोड़ा आराम आता। लेकिन उसका मन किसी भँवर में पड़ गया था। वह कहीं भी चैन नहीं पाती थी।

एक से दूसरे कमरे में किसी का जाना होता तो दरवाज़ा बजता। जैसे कोई ठहरे हुए कुएँ में रहट उतारता हो। ये गहरे विरह-गीत के आग़ाज़ के सुर से मिलता-जुलता सुर जान पड़ता था। श्रुति ने ज़रूर दरवाज़ों को थामकर अपनी व्यथा सुनाई होगी। इसलिए ही दरवाज़ों के क़ब्ज़े श्रुति के छूते ही रोने लगते थे। श्रुति ने डूबे हुए मन से कितनी ही बार बंद खिड़कियों को खोला। लेकिन उन खुली खिड़कियों की तारीफ़ करने विजय नहीं आया। ये कैसा जाना था कि कोई लौटने की उम्मीद भी न थी।

बीस फ़ीट की गली जो दस घरों के बीच एक सीधी रेखा जैसी दिखाई देती थी, उस गली में ऊँचे मकानों की छाया पसरी रहती थी। उस गली से विजय आया करता था। श्रुति ने उस गली को देखना छोड़ दिया। दो साल में सिर्फ़ तीन या चार बार वह उस गली से निकली थी। सफ़ेद शलवार पर अज़रक प्रिंट का कुर्ता पहनती थी। उसके कुर्ते पर खिले हुए

सफ़ेद बेल–बूटे उम्रदराज़ हो चुके थे।

उसे दरवाज़े की आवाज़ सुनाई दी। वही गहरा राग। ख़यालों से बाहर आई तो देखा पिताजी सामने वाले कमरे के दरवाज़े पर खड़े कुछ सोच रहे थे। रात का रंग स्याह होता जा रहा था। रसोई में बत्ती जल चुकी थी। वह उठकर रसोई की ओर चल दी। कमरे और रसोई के बीच में खड़े जगदीश प्रसाद ने पास से जाती हुई बेटी के सिर पर हाथ फेरा।

माँ को सुनाने लगे– ''गुड़िया ससुराल गई तो घर ख़ाली–सा हो गया था और ये भी कल अपने घर चली जाएगी तो कितना सूना होगा?''

ये बात कहते हुए, वे आँगन के बीच बने टाँके के पास रखे स्टूल पर बैठ गए। श्रुति ने कोई प्रतिक्रिया नहीं की। माँ ने मुड़कर एक बार जगदीश प्रसाद को देखा और आधे मन की हँसी के साथ तवे पर रोटी पलटने लगी। श्रुति खड़ी रही जैसे माँ से अभी कुछ कहना चाहती हो। माँ ने उसकी नज़रों को अनसुना कर दिया। एक थाली में दो रोटियाँ, कटोरी में सब्ज़ी और अचार रखकर पकड़ा दिया। घर में फिर से चुप्पी हो गई। पिताजी के हाथ धोने की आवाज़, थाली को आँगन पर रखे जाने की आवाज़ के बाद रसोई में लंगड़े चकले की खट–खट बजने लगी।

वे सब खाना खा चुके। माँ अपने कमरे में सोने चली गई। पिताजी घर के आगे खड़े होकर सिगरेट पीने लगे। उन्हें इस तरह खड़ा देखकर वह अपने कमरे में चली आई और दरवाज़ा अंदर से बंद कर लिया।

उसके सामने एक भयभीत कर देने वाला सवाल था कि वह क्या करेगी? एक बार उसने विजय से पूछा था–''तुम मुझसे प्रेम करते हो?'' विजय ने कहा– ''हाँ।'' उसने एक लंबी साँस ली और चुप हो गई।

उस रोज़ अद्‌भुत अँधेरा था। सब कुछ प्रिय, अति प्रिय।

श्रुति ने विजय के कानों में कहा– ''मुझे यहाँ से ले चलो। पिताजी ने रिश्ता तय कर दिया है। मैं किसी अनजाने के साथ नहीं जाऊँगी। तुम मुझे चाहते हो ना। ले चलो यहाँ से।'' विजय ने उसे चूमते हुए कहा– ''हम एक साथ ही हैं। तुम क्यों डरती हो?''

उसका डर सच हो गया था। जिसने वादा किया था, वही चला

गया।

वह दीवार के पास सहारा लेकर खड़ी रही। उसने चाहा कि फिर से दीवार के भीतर का सख़्त अँधेरा उसे निगल जाए। वह सोचती जाती और उसकी आँखों से आँसू बहते जाते। आख़िर उसने खिड़की को खोला और देर तक बाहर देखा। बाहर गली में सिर्फ़ तनहाई थी। वह कमरे से बाहर निकली और पिताजी के कमरे वाले दरवाज़े पर दस्तक दी। पिताजी ने मुसकुराते हुए कहा- "क्या हुआ बेटा?" वे शायद जाग ही रहे थे।

उसने कहा- "मैं उस लड़के से शादी नहीं करूँगी।"

पिताजी ने एक थप्पड़ में जवाब दे दिया। जगदीश प्रसाद उल्टे घूमे और एक थप्पड़ श्रुति की माँ को भी लगा दी।

आँगन में सुबह चार बजे तक जगदीश प्रसाद सिर झुकाए सिगरेट पीते रहे। दो आमने-सामने के कमरों में माँ और बेटी अकेली बैठी हुई जागती रहीं। भोर की पहली किरण फूटने को थी। जगदीश प्रसाद सोच रहे थे कि आज की दोपहर कितनी सख़्त होगी?

बच्चों को स्कूल ले जाने वाले ऑटो रिक्शा के हॉर्न को सुनकर जगदीश प्रसाद उठे। उनको लगा कि सुबह के सात बज गए हैं। जगदीश प्रसाद घर के दरवाज़े से बाहर आए तो मौसम कुछ बेहतर जान पड़ा। घर से बाहर की हवा में ताज़गी थी। रात भर भौंकने वाले कुत्ते भूख से अकुलाए हुए आते-जाते परिचित साइकिल वालों के आगे पीछे दुम हिला रहे थे।

क़स्बे की सुबहें ऐसे ही खिला करतीं। टाई और कोट, धोती और जनेऊ पहनने वाले भद्र पुरुष भी रात की बची हुई बासी रोटियाँ लेकर सड़कों पर निकल आते। अगले जन्म में कोई जानवर बनना पड़ा तो आज की दी हुई रोटी तब काम आएगी।

जगदीश प्रसाद को कुत्ते नहीं पहचानते इसलिए कोई प्रतिक्रिया नहीं करते। वे चलते हुए सोचने लगते कि आज उन्हें कोई न पहचाने तो ही अच्छा है। जिस पहचान को बनाने के लिए आदमी एक उम्र लगा दिया करता है, वह कई बार पल भर में टूट जाती है। उन्होंने याद किया कि जब

आप किसी से न मिलना चाहें तब अक्सर बहुत सारे लोग मिलते हैं।

वे अपनी जेब में हाथ डालते और सिगरेट की डिबिया को बाहर निकालते हुए फिर से वापस रख देते। कुछ भी तय नहीं है यानी अनिश्चित है कि क्या करूँगा ? हाँ, उन्होंने रात में ही इतना ज़रूर सोच लिया था कि गाँव जाना है।

वे चाय की थड़ी के पास रुके। पूछे बिना ही चाय वाले ने एक कप पकड़ा दिया– "कहो जगदीश जी कितने दिन की छुट्टी ?" चाय का कप हाथ में लेते हुए उनके मुँह से निकला– "बाईस दिन।"

चाय गरम और कड़क थी। जैसे ख़ास उनके लिए ही बनाई गई हो। जैसे चायवाले को मालूम हो गया हो कि वे रात भर सो न सके हैं। ये सोचते ही उनकी परेशानी अचानक जाग गई। समाज में क्या मुँह दिखाएँगे कि लड़की ने तय रिश्ते वाली जगह शादी करने से मना कर दिया है।

यूँ तो छुट्टी बड़े कमाल की चीज़ होती है। जिस दिन स्वीकृत होती उसी दिन लगने लगता कि वे अपने घर पहुच गए हैं। भले ही एक महीना शेष हो। सरकारी नौकरी में रहते हुए उनके सब साथी हमेशा इस बात पर एक राय होते थे कि घर जाते ही लगता कि बाईस या चालीस दिन बहुत कम होते हैं। आज वही शिकायत नाजायज़ लगने लगी। सुबह होने तक के चार घंटे बहुत लंबे थे। अब अगले बीस दिन कैसे कटेंगे ? इसी सोच में जगदीश प्रसाद ने देखा कि सामने हरे रंग की बस खड़ी थी। बस पर कन्नड़ भाषा में इबारतें लिखी हुई थीं। ये उतरी हुई बसें थीं। साउथ के बड़े शहरों में नाकारा हो चुकी किंतु इस शहर से गाँव जाने के लिए जीवनरेखा जैसी।

चौड़ी सीटों वाली बस में कुछ औरतें और बच्चे जमे थे। मर्द लोग बाहर खड़े हुए थे। कितना अच्छा होता कि बस ऐसे ही छूट जाती। औरतें और बच्चे चले जाते, आदमी सब पीछे रह जाते। न कोई नौकरी का संकट होता, न बच्चों की चिंता, न समाज का भय। जगदीश प्रसाद बेतुकी बातों में डूबे हुए थे।

हॉर्न के साथ चौंके और जगदीश प्रसाद ने लगभग चलती हुई बस

को पकड़ा। सीढ़ियों से थोड़ा आगे खड़े हो गए। एक परिचित आवाज़ आई- "जगदीश जी, इधर आ जाओ सीट पर।" ये पड़ोसी गाँव के हरखा बा थे। गाँव और इनकी ज़िंदगी, गाँव और शहर के बीच के सफ़र में कट गई थी। बसों का आविष्कार न हुआ होता तो वे चलते-चलते घिसकर दो फ़ीट ही रह जाते।

सीट ज़रा-सी सख़्त थी। इसकी कोई शिकायत न थी। जगदीश प्रसाद को आदत थी। भले ही गाँव कई बरस पीछे छूट गया था मगर वे नौकरी के दौरान पत्थर की बैंचों और रेलिंग पर ही बैठते आए थे। हरखा बा ने उनके कंधे को छुआ और वही पूछा जिससे जगदीश प्रसाद बचना चाहते थे। मिलने वालों से पूरे समाचार पूछे जाएँ वरना लगता कि आदमी के अंदर का आदमी मर गया है। मुंबई जैसे शहरों का तो क्या कहना। आजकल जोधपुर-बाड़मेर जैसी जगहों पर हाल-चाल पूछने से लोग कतराने लगे थे। उन्होंने चलती बस की खिड़की से सिर बाहर किया फिर भी पसीना नहीं सूखा। जबकि सुबह का मौसम ऐसा न था कि पसीना हो जाए।

हरखा बा फिर से उनके कंधे पर हाथ रखा। उनके पास ज़िंदगी के कड़े अनुभव थे। एक बेटे को कैंसर हुआ तो पहले बाईं टाँग कटवाई तीन महीने बाद दूसरी भी। पचपन साल की उम्र में अपने तीस साल के बेटे को गोदी में उठाकर शौच के लिए ले जाते थे। उनके बेटे ने धीरे-धीरे हाथों के बल चलना सीख लिया। एक शाम मालूम हुआ कि वह हाथों के बल चलकर पानी के टाँके तक ही जाना चाहता था। और पानी के टाँके में लुढ़क गया।

पैसा और पिंजर दोनों डूब गए।

एक बाप पत्थर का हो गया। हरखा बा ने साल भर बाद बहू के लिए अस्पताल के चक्कर लगाए। वह भी बच्चेदानी के निकाल दिए जाने के बावजूद साल भर में ही रक्तस्राव न रुकने के कारण चल बसी। ऐसे दुखों को सहने वाला हाथ जब कंधे पर आया तो जगदीश प्रसाद को अपने पसीने पर शर्म आने लगी।

"समय बहुत बदल गया है। आदमी की ज़रूरतें बड़ी हुई तो तकलीफ़ें भी बढ़ गई हैं।" बस की खटर-खटर के बीच हरखा बा बोले।

जगदीश प्रसाद ने अपने चेहरे को पूरी कोशिश से सामान्य बनाए रखते हुए सहमति जताई। वे ज़्यादा संवाद से बचना चाह रहे थे फिर भी उन्होंने बरसात की बातें शुरू कीं ताकि हरखा बा को ऐसा न लगे कि उनके प्रति अपनापन नहीं रहा।

बस में आपसी संवाद या कोलाहल से अलग जगदीश प्रसाद की निगाहों में धोरे भागे चले जा रहे थे। खेजड़ी, रेवड़, ढाणियाँ सब भाग रहे थे। उनकी गति जगदीश प्रसाद के भागने से तेज़ दिख रही थी। रामदेव जी की खेजड़ी के आते ही उनको लगा कि घर और उनके बीच में अब कुछ ही मिनटों का फ़ासला है। सीमेंट के चबूतरे के ठीक बीच धूणा बना हुआ था। खेजड़ी पर लाल, हरे और सफ़ेद रंग की झंडियाँ हवा में लहरा रही थीं। जगदीश प्रसाद ऐसे कार्यों को ढकोसला मानते थे। कहते थे कि खेजड़ी से इलाज लगता है तो ढूंगों में सुइयाँ क्यों लगवाते हो? आज वे नतमस्तक हो गए। दोनों हाथ जुड़े हुए थे किंतु होंठों से शब्द नहीं फूटे।

जिस कैर के पास बस रुका करती थी आज भी ठीक वहीं रुकी। दो सवारियाँ उतरीं, तीन चढ़ीं और बस की आवाज़ धीरे-धीरे दूर होती चली गई। घूँघट के बीच से एक आँख से देखती हुई औरत ने पास बैठे हुए अपने भतीजे से कहा- "देख तो जग्गा बा है ना?"

वे उसकी आवाज़ से पहचान जाते। पड़ोसी की बहू थी शायद अगली बस से कहीं जाती होगी और ये कालू का छोरा इसे बस में चढ़ाने आया होगा। जगदीश प्रसाद ने पूछा- "कौन चंदन है?" उसने कहा- "हाँ दादा।"

वह छोटा लड़का उनको देखता रहा। घुंघट के पीछे की आँख भी उन्हीं पर बनी रही। यह देखकर जगदीश प्रसाद को लगा कि छोरी ने ब्याह करने से मना कर दिया था। ये बात सबको मालूम हो गई थी। उनको लगा कि जाल का पेड़ भी उनको देख रहा था। सामने पड़ा रास्ता भी उन्हीं को देख रहा था।

इन सबके बीच जगदीश प्रसाद पाते कि उनके दोनों पाँव दो मते (विचार) हो गए थे। एक पाँव जल्दी घर पहुँचना चाहता था तो दूसरा बहुत सुस्त हो गया था। सरकारी पानी की हौदी, वन विभाग की तारबंदी और खेतों में अजनबीपन के कारण उग आई बाड़ों के पास से होते हुए, वे अपने घर के नज़दीक पहुँचते जाते।

वही एक नीम का पेड़, तीन ऊँचे झोंपड़े और गोल घेरे में खड़ी बेर की सूखी हुई झाड़ियों की बाड़ यानी घर। सोचते थे घर में कौन मिलेगा? हर बार वे जब भी आते, घर सूना होता। सब खेत जा चुके होते। उन्होंने बाखल में पाँव रखा। सामने माँ को पाया। वे जानवरों के लिए नीरणी की ओडी को सिर पर उठाने को ही थी। उन्होंने बढ़कर उसे ऊपर करवा दिया। माँ देखने लगी जैसे कोई अजूबा देखती हो। वे दोनों ठहरे रहे। कोई बोल नहीं थे बस आँखें सामने की आँखों को देखती हुईं। ऐसी आँखें ठहरा हुआ पानी। माँ ने ओडी को नीचे नहीं रखा वरन तेज़ क़दमों से चल पड़ी। जगदीश प्रसाद देखते रहे।

माँ पल भर में लौट आई तब तक जगदीश प्रसाद वहीं मूर्तिवत खड़े थे।

झोंपड़ों के बीच बने घर के सबसे भीतरी कमरे के बरामदे में आते ही जगदीश प्रसाद एक बच्चे हो गए। यह कमरा उनके दादा ने बनवाया था। इसी कमरे में कुछ मखाणे और बताशे रखे होते थे। दादी जब भी इसे खोलती सब बच्चों को कुछ-न-कुछ हर बार ज़रूर मिलता था। बेहद पुराना नक़्क़ाशीदार दरवाज़ा था। ऐसे दरवाज़ा बनाने की हिम्मत रखने वाला आदमी आज उसके सामने कमज़ोर दिख रहा था। पीछे से खाँसने की आवाज़ आई। पिताजी को माँ ने ख़बर की होगी। वे घर में आ गए थे और इसी तरह घर के सदस्य थोड़ी-थोड़ी देर से आते गए।

चारपाई पर बैठते हुए जगदीश प्रसाद को शर्म आई। वे माँ और पिताजी के सामने कभी चारपाई पर नहीं बैठे थे। किंतु वे शायद बूढ़े हो चुके थे। उनके बैठने के तरीक़े से लगा कि उनके बूढ़े होने में कोई संदेह नहीं बचा था। माँ ने कुछ कहा नहीं। वह एक हाथ में दही की कटोरी

और दूसरे में बाजरे की गरम रोटी लेकर आई। जगदीश प्रसाद ने कलेवा किया। माँ को लगा कि कलेवा करने का ये कोई समय है? सुबह के नौ बजे हैं। ये कितनी देर तक भूखा घूमता रहता है?

पूरा आँगन माँ की गोद था। इस गोद में एक आश्वस्ति का भाव था। ऐसा भाव कि वे अब आँखें बंद कर सो जाए। जगदीश प्रसाद को लगा कि वे वाक़ई बहुत सालों से सोए नहीं हैं। उन्होंने कहा- ''मैं दो-तीन दिन रुकूँगा।'' जगदीश प्रसाद के ऐसा कहते ही घर ख़ुशी से फूल गया। पिताजी उठे और बकरी के बच्चों को बाहर निकालने लगे। माँ ने कटोरी उठाई और हलके क़दमों से आँगन में चली गई।

जगदीश प्रसाद ने अपनी पत्नी को फ़ोन लगाया। ''ग़ुस्से में बिना बताए चला आया। अभी गाँव में हूँ और तीन दिन बाद आऊँगा। तुम बुरा न मानना और उसको समझाना।'' सामने से कोई आवाज़ नहीं आई तो उन्होंने फिर से कहा- ''मेरी बात सुन रही हो?'' इस बार उनकी पत्नी ने कहा- ''यही बात कहकर जाते तो।'' कुछ देर फ़ोन पर मौन पसरा रहा फिर 'ठीक' सुनते ही जगदीश प्रसाद ने फ़ोन रख दिया।

रात भर के एकांतवास के बाद इस फ़ोन से मन को आराम मिला। सुबह से ऐसे-ऐसे ख़याल मन में आते रहे कि उनको ज़ुबान पर लाते हुए पाप लग जाए। यह सोचते हुए वह अपनी बेटी के कमरे में दाख़िल हुई। वह बिस्तर पर ऐसे लेटी थी, जैसे कुछ हुआ ही न हो। एक बार उचटती निगाह बेटी पर डाली फिर खिड़की खोलने लग गई। खिड़की के पार चमकता हुआ दिन था- ''तूने ऐसा कहने से पहले कभी सोचा नहीं कि बाप का क्या होगा? तुझे क्या चाहिए था जो इस तरह अपने बाप को नीचा दिखाया?''

श्रुति ने कोई जवाब न दिया।

ऐसे ही कई सवाल माँ पूछती रही और श्रुति चुप दीवार को देखती रही। ''तुझे पता है समाज क्या होता है? जिस जगह तेरा रिश्ता तय किया है वही सुख भरा घर होगा।'' माँ बोलती गई। उसने करवट बदलकर मुँह फेर लिया।

"तेरे बाप ने तो एक थप्पड़ मारा था। मेरा जी चाहता है कि तेरा गला घोंट दूँ। वे न जाने क्या सोच रहे होंगे कि मैंने तुझे ऐसी विद्या दी है। मैं मर जाती तो अच्छा था।" माँ के चेहरे पर एक आवश्यक मजबूरी ठहरी हुई थी। माँ दो क़दम बढ़ाकर श्रुति के पास गई। बाँह को पकड़कर अपने सामने किया। वह चुप देख रही थी। "मत सोच कुछ। सब अच्छा होता है। हमारा और बाप दादाओं का भी ऐसा ही हुआ था" यह कहते हुए माँ मुड़ी और दरवाज़े पर आकर खड़ी हो गई।

श्रुति उठी और मुँह धोकर रसोई में गई तो देखा रात के धुले हुए बर्तन एक-दूसरे पर औंधे पड़े हुए थे। माँ और पिताजी ने चाय भी नहीं पी। यह देखकर उसने एक भगोले में दूध, चाय की पत्ती और चीनी डाली। रात भर वह पिताजी से अधिक विजय के बारे में सोचती रही। वही विजय जिसका आसरा था और वह कहीं न था। उसे पिताजी का थप्पड़ याद नहीं था मगर विजय और उसके बीच की क़ुदरत का रखा अंतराल चुभ रहा था। चाय को कप में डाला और माँ के आगे रख दिया।

माँ ने चुप्पी बनाए रखी।

"... तो क्या माँ मैं ऐसे लड़के के पीछे चली जाऊँ जिसको मैं जानती भी नहीं ? फिर वह गँवार अभी ग्यारहवीं में पढ़ता है और मैं कॉलेज में। मैं कोई ढोर-डाँगर हूँ जो इस तरह से आप लोग जहाँ चाहोगे बाँध दोगे ? मैं ऐसा सहन नहीं करूँगी। आप और पिताजी चाहो तो मुझको मार दो। लेकिन ये होने नहीं दूँगी।" कहती हुई कमरे से बाहर निकल आई।

चाय वहीं पड़ी रही।

शाम को खाना बना। आधा बेटी और आधा माँ ने मिलकर बनाया। सोने से पहले माँ ने घर के हर दरवाज़े पर ताले लगाए। बेटी आई नहीं तो ख़ुद उसके कमरे में जाकर सो गई। सोते हुए अँधेरे में कहा- "तेरा बाप मार देगा तुझे और वह न भी मारेगा तो उसके भाई-भतीजे ये सब सुनकर मार देंगे तुझे।"

फिर थोड़ी-सी चुप्पी के बाद अपने-आप से कहने लगी- "साल में तीस दिन तेरे बाप का मुँह देखती हूँ। तुम बच्चों के सहारे ही ये जीवन

गुज़रा है। तुम इस तरह मुँह फेर लोगे तो मैं कैसे जीऊँगी?''

माँ की ज़ुबान पर लाचारी और तिरस्कार बारी-बारी से आते रहे- ''ये जो पसंद-नापसंद की बातें करती हैं ना, उससे पहले सोचा कर।'' ऐसी बातें करते हुए माँ को आधी रात के बाद को नींद आ गई।

तीन दिन बाद जगदीश प्रसाद शहर लौटे। उनके साथ पिताजी थे। छुट्टी ख़त्म होने के दिन उन्होंने अपनी पत्नी को कहा- ''छठे महीने इसकी शादी करूँगा तब तक पिताजी यहीं रहेंगे और ख़याल रहे कि मेरा मुँह देखना चाहो तो घर को बचाकर रखना।''

उन्होंने कुछ काम निपटाए, कुछ भेंट-मुलाक़ातें कीं और कुछ आराम किया। उनकी छुट्टी पूरी हो चुकी थी लेकिन घर उनके पाँवों में जड़ बनकर उग आया था। वे ख़ुद घर जितने भारी हो गए थे। क़दमों ने साथ देने से मना कर दिया तो सोचा एक बार बेटी के सिर पर हाथ फेरता जाऊँ लेकिन तब तक वे अपना सूटकेस उठाए हुए काफ़ी दूर आ चुके थे।

मौसम में ऊष्णता थी।

पिछले दो महीने से श्रुति घर के सारे काम करती और कमरे में बंद रहती। उसकी ज़िंदगी में यही सब ठहर गया था। झाड़ू-पोंछा लगाती, खाना बनाती, अपने दादा के लिए कुछ छोटे-मोटे काम करने के बाद दो घंटे किताबों में उलझी हुई दिखती। वह कहीं नहीं जाती थी। किसी को मिलना होता तो वही उससे मिलने घर आता था। इन दिनों में वह अपने कमरे में बैठकर क्या किया करती थी इसके बारे में उसे ख़ुद कुछ मालूम नहीं रहता था। जैसे ठहरे हुए पानी में काई का बढ़ता हुआ आकार नहीं दिखता वैसे ही उसके मनोभाव अनचिन्हे थे। यह उसकी माँ और अन्य किसी को समझ आना ज़रूर टेढ़ा रहा होगा। उसने घर की सब बातों के यथासंभव सकारात्मक उत्तर पहली ही बार में दे दिए थे।

दादा परेशान थे और जगदीश प्रसाद को कोसते थे कि बहू और पोती कितने आराम से रहते हैं और वह इस तरह का वहम पाले हुए हैं। उन्होंने कई बार अपनी पोती को पास बिठाया और अपने ज़माने में पसंद से शादी करने वालों के हाल बताए। उनको पूरा विश्वास था कि जो भी स्त्री-स्त्री

में और पुरुष-पुरुष में भेद करता है। उसे ईश्वर कड़ी सज़ा देते हैं।

एक दिन दोपहर ऐसी ही एक बैठक में वह दादा की बातें सुन रही थी। दादा उसको गजा काका की बात बता रहे थे कि रजनी भी आ गई। रजनी उसके घर से कुछ गली दूर रहती मगर साथ ही कॉलेज में पढ़ती थी। उसे भी उन्होंने अपने पास बिठा लिया। गजा काका का क़िस्सा माँ को बड़ा सुकून भरा लगता था। इसलिए वह भी दरवाज़े की ओट से घूँघट काढ़े हुए बड़े चाव से ध्यान लगाए हुए थी। यह एक ऐसी कथा या लतीफ़ा था जो गाँव के मन का पोषण करता था।

दादा ने बताया कि एक दिन गजा काका रूठे और अपने पिताजी के सामने बोलने लगे- "मुझे मालूम हुआ है कि वह लड़की बहुत मोटी और काले रंग की है, जिससे आपने मेरी सगाई कर रखी है। मैं उससे हरगिज़ शादी नहीं करूँगा।" इस पर दादा ने अपना जूता उतारा और चारपाई से आधे खड़े होते-होते ही गजा काका के सिर पर दे मारा।

दोनों लड़कियाँ आश्चर्य से देखने लगीं।

दादा ने बताया कि फिर गजा काका ने अपनी पसंद से स्कूल के माड़साब की बेटी से शादी की। ख़ुद भी बाबू हो गए थे। पंचायत समिति में काम करते हुए सरकारी मकान में रहते थे। उनकी पसंद की बीवी आए दिन झगड़ा करती। एक बार उसने भी जूता उठाकर मार दिया। गजा काका शायद जूते खाने को ही बने थे। मर्द के सामने स्त्री लपड़-चपड़ करे, उसी में उसकी बेइज़्ज़ती है। फिर ये तो जूता उठाकर मारना। दादा ने कुछ तच्च तच्च... की आवाज़ें निकालीं और आगे बताने लगे।

रजनी लगातार श्रुति को पाँव की ठोकर और अँगुलियों से इशारे करती रही कि उठो यहाँ से मगर वह असमंजस में थी।

दादा ने कहा- "एक बार गाँव का एक रिश्तेदार किसी काम से पंचायत आया तो सोचा अभी दफ़्तर खुला नहीं है। इसलिए चलो गजा भाई के यहाँ हो आएँ। वह उनके सरकारी क्वाटर चला गया। उसने लौटकर गजा काका की मट्टी पलीद कर दी। घर का काम करती औरतों से लेकर चौपाल में ताश खेल रहे बड़े बूढ़ों तक सबको बताया कि भाई

कभी ज़िंदगी में बाबू मत बनना। बाबू बनो तो पढ़ी-लिखी लड़की से शादी मत करना। वह खिलखिलाता हुआ हँसता- ''रे... भाभी सो रही पलंग, अर उल्टी होके और गजा भाई झाड़ू लिए लेट्रीन साफ़ करे। आप देखो तो शरम से मर जाओ। सफ़ेद हांडे को चमकाते जावे और ख़ुश होकर बोले। तुम बैठो कुर्सी पर, मैं हाथ धोकर आऊँ। भाई मैं तो भाग आया। भाभी को उठना नहीं था और गजा भाई अपने उन्हीं हाथों से पानी का लोटा भर के लावेंगे, मैं तो भाग आया।''

ऐसे क़िस्से सुनाते हुए दादा मुस्कुराते गए। दरवाज़े की ओट से माँ की आत्मा को सुख मिलता रहा और हल्की होती गई कि भले ही पति से सालों-साल दूर रही मगर गजा काका की तरह उनकी हँसी-ठिठोली नहीं होने दी।

रजनी उसे अपने घर बुलाने आई थी और वह जा नहीं पा रही थी। इसलिए वह बहुत बेचैन होती गई। आख़िर हिम्मत कर के बोली-''चल मैं देती हूँ तेरे को किताब।'' कमरे में गई और बाहर आते हुए बोली- ''दादा, मैं रजनी के यहाँ जाकर आती हूँ।''

माँ ने ज़रूर हाथ उठाया किंतु बात दादा को संबोधित थी। उसने बीच में बोलने को दादा का अपमान जानकर ख़ुद को रोक लिया। वे लड़कियाँ चली गईं। माँ जब चाय लेकर आई तो दादा ने कहा- ''ये छोरी कुछ ठीक नहीं लगती है। आज बैठी-बैठी कुचरणी कर रही थी। इसका ध्यान रखा करो।'' बहुएँ ससुर से बात नहीं करतीं सिर्फ़ टिचकारियाँ भरकर उत्तर देतीं। माँ ने भी सिर हिलाकर सहमति जता दी।

गरमी के दिन जा चुके थे। जगदीश प्रसाद को छुट्टी से आए हुए तीन महीने बीत चुके थे। वे रोज़ घर पर पत्नी से बात करते थे और आश्वस्त हो जाया करते थे। वैसे भी आज के दु:ख कल कम हो जाते और अभी असंभव दिखने वाला जीवन आगे सहजता से बीतता जाता। इसकी जानकारी उनको थी फिर भी वे ख़ुद को संयमित नहीं रख पाए थे।

उन्होंने जब माँ को बताया कि गुड़िया को ये रिश्ता पसंद नहीं तो माँ ने कहा- ''बेटा, वो तो भोली बच्ची है। कह दिया होगा। अब तू चिंता न

कर। चिंता से शरीर और मन दोनों कटेंगे इसलिए जल्दी से उसकी शादी कर दे।'' जगदीश प्रसाद ने सोचा कि बातें वही थीं, जो उन्होंने सोची थीं मगर जाने क्यों माँ के मुँह से सुनी तो लगा कि वे वज़नदार हैं।

बाबा कभी बरसात के दिनों में गाँव को छोड़कर नहीं गए। उन्होंने इसी धरती को हरियाते हुए देखा और उसी से नया जीवन पाया था। खेजड़ी के ताल में भरे पानी को देखते, नाड़ी का चक्कर लगाते, खेतों की मेड़ पर बने रास्तों को नया जीवन देते हुए काचर लेकर आते। उनमें से मीठे-मीठे छाँटकर छोटे बच्चों को खिलाते। दादी पास होती तो हँसते थे कि तूने मेरी तरह ही टाबरों को अपने खट-मिटियों में फँसा रखा है। ये काचरों की तरफ़ देखते ही नहीं। दादी मुलकती और बात को उड़ा देती। वह कहती जाकर आओ जग्गू के भी। दादी से इसी अटूट बंधन के कारण बाबा गाँव से शहर आने को तैयार हुए थे। जगदीश प्रसाद को पूरा विश्वास था कि अगर माँ नहीं कहती तो बाबा उनकी बात कभी नहीं सुनते।

ऐसे ही ख़यालों में जगदीश प्रसाद के दिन और रातें कट जातीं। दुनिया में कितना विकास हुआ था कि अब हर पल घर की ख़बर मिल जाती थी। इसे उन्होंने दुनिया का सबसे बड़ा सुख माना था। वे कई बार ख़ुद से सवाल करते थे कि क्या रखा है लोगों के बारे में सोचने को। बच्चे अगर कुछ अपनी पसंद का चाहें तो क्या बुरा है? गाँव से निकलकर शहर आओ तो कौन ज़ात पूछता है और कैसी बिरादरी? जो काम आ जाए वही अपना। फिर मिनख और मिनख में कोई फ़र्क़ थोड़े ही होता है। इस तरह के ख़याल जब भी आते वे अपनी बेटी की कही बात को भूलने लगते और उनको अफ़सोस होने लगता कि क्यों उन्होंने उस नन्ही बच्ची पर हाथ उठा लिया। क्या मैं उसकी बात आराम से सुन नहीं सकता था। क्या मैं उसको बैठकर यह समझा नहीं सकता था कि उसका भला किस बात से है। समाज के डर से मैं उसकी बात पर भड़का जैसे बेटी को समाज ने जना हो। मैंने अपनी बेटी होने के नाते क्या उसको समझाया।

वे लगभग पूरी तरह से इस बुरी बात को भूल गए कि कभी उनकी

बेटी कोई अपनी मर्ज़ी का क़दम उठाएगी। समाज के लोगों के सामने उनको नीचा सर करके बैठना पड़ेगा। सब कुछ ठीक था। मन और शरीर एक साथ काम पर लगे हुए थे। एक शाम चार बजे वे ड्यूटी पर चढ़ने को ही थे कि ख़बर मिली। बेटी सुबह घर से निकली थी और शाम होने को आई है, अभी तक लौटकर नहीं आई। उसका कहीं पता नहीं चल रहा। उन्होंने जिन आशंकाओं को बुझाया था, उनकी जड़ों पर दुर्भाग्य के काँटे उग आए। वे ऐसी नाव पर फँस गए थे जो अनिश्चितकाल के लिए भटक चुकी थी। उन्होंने आख़िरी प्रार्थना करनी चाही, होंठ और आँखें अधखुली ही रह गईं।

वे नींद में चलकर आए थे और अब कोतवाली के बाहर बैठे थे। कुछ टूटे हुए पत्तों और सूखे हुए तिनकों के बीच कोतवाली के अंदर बनी हुई सड़क पर खड़ा एक निरपराध इंसान ख़ुद को अपराधी तुल्य ही मान रहा था।

उन्होंने कुछ नहीं कहा। सब कुछ तय था। अब तक घर-परिवार का विमर्श और खोजबीन के ज़रूरी और संभव प्रयास पूर्ण हो चुके थे। बदनामी और इज़्ज़त को दोनों पलड़ों में रखकर तौला जा चुका था। कोई राई-रत्ती का फ़र्क़ होता तो कुछ और लोगों से राय-मशवरा किया जाता मगर यहाँ तो धूड़ की धड़ी करनी पड़ रही थी। सब का देखा-भाला-आज़माया हुआ उपाय यही था कि कोतवाली से अधिक कोई और उपयुक्त सहारा नहीं।

पुलिस में परिचितों की खोजबीन के बाद उनसे मध्यस्थता करवा ली गई थी। कोतवाल साहब ने अपनी तीस साल की नौकरी के अनुभवों के आधार पर उन्हें इस बात के लिए आश्वस्त कर दिया था कि कोई मुश्किल काम नहीं है। बीस दिन में लड़की मिल जाएगी। किसी पर शक है, जो फुसलाकर ले गया हो लड़की को ? जगदीश प्रसाद को थोड़ी राहत हुई कि सवाल इस तरह नहीं था कि तेरी बेटी किसके साथ भागी होगी ? उन्होंने चुप्पी को थामे रखा।

दो अलग तरह की रपट थाने में पड़ी थी। एक में गुमशुदगी के बारे

में था और दूसरी में लड़की को बहला-फुसलाकर भगा ले जाने के बारे में। गुमशुदगी वाली रपट दर्ज कर ली गई जबकि भगा ले जाने वाली दरख़्वास्त को रजिस्टर के बीच में रख दिया गया।

उस सीले से मौसम में ख़ामोशी थी। वे उठे और बाहर खड़ी जीप में जाकर बैठ गए। परिवार के और भी पुरुष वहीं प्रतीक्षा कर रहे थे। जीप चल पड़ी, कोई संवाद नहीं। जीप में बैठे हुए सब लोगों की जीभ को उनकी ही अपनी बच्ची काटकर अपने साथ ले गई थी। ऐसा उन सबका मानना था। जगदीश प्रसाद सोच रहे थे कि वे अपराधी हैं या असफल पिता। उन्होंने चाहा कि एक बड़े अट्टहास से जीप को हिलाकर रख दें। लेकिन अट्टाहास दूर की कौड़ी थी। इस वक़्त तो वे आत्मा जैसी किसी मरी चीज़ के बोझ तले सिगरेट भी नहीं पी पा रहे थे।

उन्होंने चुप्पी को तोड़ने के भरसक प्रयास किए लेकिन संभव न हुआ तो न हुआ। घर में भी वही वीरानी चली आई। काका बोले- "क्या कहा कोतवाल ने?" जगदीश प्रसाद ने नीचे बैठते हुए कहा- "फूटे हुए करम हों तो ऐसे दिन देखने पड़ते हैं, वो क्या कहेगा?"

परिवार के लोग घर में जमा रहे। उस घर को देखने से ऐसा लगता था कि मातम मनाया जा रहा हो। पड़ोस के लोग घरों में दुबक गए थे। वे यथासंभव निगाहें बचाकर निकलते कि कहीं जगदीश प्रसाद ये न समझ लें कि उन्हें इस घटना से सुख मिला है। वैसे हर घर के मुखिया के पास एक बात थी कि बेटियाँ किसके घर में नहीं हैं? माने जहाँ कहीं बेटी थी वहाँ हर कहीं आशंका थी। तीसरे दिन पुलिस का बुलावा आया। कोतवाली में जाकर अजब मालूमात हुई।

अब तक कहीं कोई सुराग़ न था कि लड़की के साथ क्या गुज़रा है। उसके भाग जाने भर की ख़बर होती तो एक डर मिट जाता। कोतवाल साहब ने कहा- "जगदीश जी, किसके पास आती-जाती थी आपकी बेटी?"

उन्होंने बेबसी में मुँह को इधर-उधर फेरा। कैसा बाप हूँ और कैसी मेरी नौकरी है? मैं ये भी नहीं जानता? जगदीश प्रसाद के भतीजे ने कहा-

"साहब हमने उसे घर से निकलने ही नहीं दिया। उसका मोबाइल ले लिया था और दूसरे को काकी अपने पास ही रखती थी।"

"घर में लड़की करती क्या थी, दो महीने तक?"

"घर का काम करती और सो जाती थी।"

"बड़ी क़ैद में रखा भाई उसको। कोई पहले का डर हो तो खोलो उसको?"

"क़ैद, कुछ नहीं थी। एक बार कहा था कि जहाँ शादी पक्की हुई है वहाँ न करूँगी।"

"कोई हमउम्र लड़की?"

"हाँ है। उससे दो कक्षा आगे पढ़ती है, रजनी।"

कोतवाल ने आगे कुछ नहीं सुना। लेडी एचएम को बुलवाया और कहा– "मैडम उस रजनी को थोड़ा खोलकर देखो। घर से ही ढीला करके लाना।"

मोहल्ले में पसरी चुप्पी को पुलिस की जीप ने तोड़ा। दो महिला सिपाही और उनके साथी उतरे। पहली बार पुलिस की गाड़ी को रुकते हुए लोगों ने देखा तो अफ़वाह जिसे समझते रहे, वह सच्ची लगने लगी। मगर पुलिस की जीप के किसी दूसरे घर के आगे रुकने ने अधखुले दरवाज़ों और खिड़कियों के पीछे जिज्ञासा और बढ़ा दी।

थोड़ी खट-खट के बाद दरवाज़ा खुला। एक लड़की दरवाज़े पर खड़ी थी। लेडी कांस्टेबल ने पूछा– "क्या नाम है?"

उसने कहा– "क्या काम है?"

लेडी कांस्टेबल ने कहा– "मीना से मिलना है।"

उसने कहा– "मैं मीना नहीं हूँ।"

"तेरा क्या नाम है?" कांस्टेबल ने पूछा।

उसने कहा– "आपको मेरे नाम से क्या मतलब है।"

दूसरी कांस्टेबल आगे बढ़ी और उसने कहा– "बहन जी नाम बताने में क्या तकलीफ़ है?"

वह बोली– "मेरा नाम रजनी है।"

उन्होंने हाथ पकड़ा और कहा- "चलो आपकी ही ज़रूरत है।"

उस पढ़ी-लिखी लड़की ने इस तरीक़े पर आपत्ति जताई कि वे उसे ऐसे बदतमीज़ी से नहीं ले जा सकते। सधे हाथ से दोनों तरफ़ से थप्पड़ पड़े कि रजनी वहीं सड़क पर गिर पड़ी। दोनों कांस्टेबल ने उसे उठाया तो वह किसी फूल-सी हल्की होकर उठ गई।

गाड़ी से उतारकर, उसे महिला कक्ष में ले जाया गया। वहाँ उससे हेड कांस्टेबल ने नज़र उठकर देखा। और प्यार से कहा- "तैयार हो जाओ। थोड़ा विनम्र निवेदन करना है।" ऐसा कहकर वे बाहर चली गई।

उन दो कांस्टेबल ने विनम्र निवेदन शुरू किया। ये कार्यक्रम कोई पाँच मिनट चला। बाल खींचे, नीचे पटका और धक्के दिए फिर उसकी चुन्नी और शलवार का नाड़ा खुलवाकर अपने साथ ले गईं। वह बंद कमरे में रो रही थी। घोर अपमानित और डरी हुई।

पंद्रह मिनट बाद लेडी एचएम आई और सामने कुर्सी रखकर बैठ गई- "कुर्ता बड़ा दबा रखा है टाँगों के बीच, शरम आती है बिना शलवार के?" उसने एक कांस्टेबल को नाम लेकर बुलाया और कहा- "इसको शरम बहुत आती है बिना शलवार के। देखें कुर्ता उतरने पर कितनी आती है?"

रजनी की आँखों से आँसू बहते ही रहे। वह कुछ बोल नहीं पा रही थी। लेडी एच एम ने कहा- "एक बार और विनम्र निवेदन किया जाए।" लेकिन ज़रूरत नहीं पड़ी। चार मिनट में ही वे सब बाहर आ गईं।

रजनी उतनी ही ताज़ा लग रही थी, जितनी घर से लाई गई थी। उसके गालों पर थोड़ी-सी ज़्यादा सेब लाली थी। इस लाली को आँसू और अधिक गहरा कर रहे थे। लेडी एचएम ने कहा- "सर बड़ी समझदार लड़की है। इसने तीन मिनट में ही नाम और पूरा पता लिखकर दिया है। एक मोबाइल नंबर भी।" कोतवाल ने नज़रें ऊपर कीं और उनके सामने बैठे जगदीश प्रसाद ने रजनी को देखकर घृणा से नज़रें फेर लीं।

घर पहुँचते ही दादा ने कहा- "बीनणी को मैंने कहा था, उस छोरी के लक्षण ठीक नहीं हैं।"

जगदीश प्रसाद ने बिना किसी से कोई सलाह किए अपना फ़ैसला सुनाया। अब इस शहर में रहना संभव नहीं। हम कल से घर जा रहे हैं। उन्होंने बड़ी हसरतों से रात भर घर को देखा और उसके बारे में सोचते रहे कि किस घड़ी में इसको शुरू किया था। चैन के दो पल वे ख़ुद इसमें नहीं बिता सके। समाज में जो इज़्ज़त थी, वह इस घर में आने के बाद कम-से-कम होती गई। दरवाज़े और खिड़की के लिए किए जतन किसी भी चीज़ को अंदर आने और बाहर जाने से रोक न सके थे। सब निर्जीव चीज़ें पड़ी हुई थीं। उनमें कोई साँस न थी फिर भी वे उदास दिख रही थीं। एक सूनापन इस घर में उतरने को था।

जगदीश प्रसाद का पड़ोस में किसी के यहाँ ख़ास आना-जाना नहीं था। इसलिए किसी से न मिलकर जाने वाला अफ़सोस नहीं था। उनको मन में इस बात की राहत थी। सुबह-सवेरे घर का ज़रूरी सामान समेट लिया गया और घर पर ताले लगने को थे कि दीवार लगती दो पड़ोसनें आईं। जगदीश प्रसाद की पत्नी से मिलीं। उनको रात को ही बता दिया गया था कि बहन घर का ध्यान रखना। हम अब गाँव जा रहे हैं। पड़ोसनों ने आते ही कहा- ''जी छोटा मत करो, नादानी में चली गई होगी, ईश्वर सब भला करेंगे।''

इतना सुनते ही जगदीश प्रसाद की पत्नी रोने लगी। ''पता नहीं आएगी भी या नहीं। पता नहीं है भी, के मर गई।'' वे सहारा देती रहीं और सोचती रहीं कि बिचारी पंद्रह दिनों से अकेली अंदर-ही-अंदर घुट रही है। आज इसका बोझ हल्का हो जाने दो। कुछ देर बाद सब घर से बाहर आने को ही थे कि जगदीश प्रसाद ने अपने दोनों हाथ कोहनियों तक जोड़े और उनका आभार व्यक्त करते हुए हुए कहा- ''इसकी बात सच्ची हो जाए तो अच्छा कि वह मर गई हो।'' और वे चले गए।

पुलिस थाने में आगे की कार्रवाही शुरू हुई। उनके पास सारी जानकारियाँ थीं। वे सब चीज़ों को अपने ढंग से छाँट चुके थे।

कोतवाल साहब ने जाँच अधिकारी को कहा- ''थानेदार जी असम जाना है। तीन दिन और रात का सफ़र है। इस बार उस कांस्टेबल को

साथ में ले जाओ, जो एसपी साहब को पेश हुई थी। उसको भी मालूम हो कि भाई बाल-बच्चे सबके होते हैं और शिकायत किसको नहीं हैं?'' कोतवाल साहब ख़ुश थे।

उन्होंने ख़ुशी में एक आलपिन को चबा डाला। वे ज़रा-सा अपनी जगह से हिले। जैसे कि अपने चेंबर से बाहर जा रहे हों। दो क़दम रुककर थोड़ा सोचकर कहा- ''हाँ, ये भी कहा था कि ड्यूटी में लिंगभेद किया जाता है, भाई अब देखेंगे कि कितने भेद हैं और वह कितना कॉपरेट करती है। अब आपकी ज़िम्मेदारी है। यात्रा मंगलमय होनी चाहिए।'' कोतवाल ने खाक़ी या भूरे रंग की फ़ाइल थी, उसे आगे सरका दिया। थानेदार ने 'जी हुकुम' कहते हुए उठा लिया।

कोतवाली में दिन भर इशारे होते रहे कि नौकरी करनी है तो सबको बरदाश्त करना पड़ता है। बेचारी असम जाएगी। दो साल के बच्चे को घर छोड़कर। एक पुरानी कांस्टेबल ने कहा- ''मैं चली जाऊँ मगर तू जानती है। अब घबराना मत, चले जाना। वे रास्ते भर तेरे को भागी हुई औरतों की कहानियाँ सुनाएँगे। वे सबकी खोलेंगे। तू उनको ऐसे देखना कि कहने वालों की ही खुलती जाए।''

कांस्टेबल अचानक चुप हुई। कोई पास से गुज़रा।

उस गुज़र जाने वाले के चार क़दम दूर जाते ही कहा- ''बस याद रखना कि ये लोग डरते बहुत हैं। सिर्फ़ बाहर से ही ख़ुद को निडर दिखाते हैं। तू एक आँख दिखाना सालों की फट जाएगी।'' ये कहते हुए उसने मुँह में रखा जर्दे वाला गुटखा कुछ इस तरह थूका जैसे वह कोतवाल के मुँह पर थूक रही हो।

वह उठकर जाने लगी। उसने जाते-जाते नीम के पेड़ से कहा- ''लोग सोचते हैं पुलिस वाले मदद करेंगे। यहाँ तो उम्र भर उनको किसी की मदद करते देखा नहीं। थोड़ा-बहुत डर न हों तो साले सबको अपनी बीवियाँ बना ले।'' दो-तीन सर्वाधिक सुनी गई गालियाँ देते हुए वह कोतवाली के मुख्य दरवाज़े से बाहर जा चुकी थी। जिसके जाने का नाम कोतवाल साहब ने लिया था, वह असमर्थ भाव से उदास बैठी रही।

उनके पास साफ़ पता था। गाड़ी के छूटते समय कांस्टेबल हिना के मन में पुलिस महकमे की नौकरी के प्रति जो असह्य नफ़रत की भावना थी, वह जितने स्टेशन आते गए निरंतर उतनी ही कम होती गई। वे लोग अड़तालीस घंटों से सफ़र कर रहे थे। उनके मन में कोई उल्लास था ही नहीं। उनकी थकान बढ़ते हुए उकताहट में बदलने लगी थी।

तीसरे दिन वे ग्यारह बजे पहुँच ही गए। रेलवे स्टेशन पर उतरकर सबने बड़ी देर तक अपने पाँव सीधे किए। कई बार चाय पी। थानेदार ने कुछ कुलियों को खोजा। उनके न मिलने पर स्थानीय दिखने वाले लोगों से होटलों के बारे में जानकारी लेता गया। लोग मिलते थे मगर उनको कोई रुचि न थी। वे जवाब देने में कंजूस थे या शायद बाहर के लोगों को पसंद नहीं करते थे। लेकिन जो भी बातचीत हुई उसमें घूमने लायक़ स्थानों की ज़रूरी जानकारी थानेदार को मिल गई।

एक होटल पास ही में मिल गया था। हिना एक कमरे में थी बाक़ी तीनों एक दूसरे कमरे में रुक गए। नहा-धो लेने के बाद थानेदार ने अपना काम तय कर लिया। थानेदार को स्थानीय अधिकारी ने समझा दिया कि सुबह सात बजे आइए और फिर घंटे भर में उनको ले आएँगे।

साँझ हुए बहुत समय हो चला था। रात को अब भी आने में देरी थी। हिना अपने होटल के कमरे से बाहर की ओर खुलते दरवाज़े के बीच में खड़ी नीचे सड़क पर देख रही थी। दुनिया भागी-दौड़ी जा रही थी। वह भी ऐसा ही करती थी सुबह चार बजे उठकर अपनी बच्ची के बिस्तर और कपड़ों को जाँचती थी। पाँच बजे तक झाड़ू-पोंछा करके नहाती फिर रसोई का काम करके सात बजे अपने पति को चाय देती। आठ बजे से पहले वर्दी वाला शलवार सूट प्रेस करके केनवास शूज को क़रीने से रखती। कोतवाली से बुलावा कभी भी आ सकता था, इसलिए किसका मुँह देखे। उसे हर हाल में नौ बजे से पहले हाज़िरी पर जाना ही होता। काम हो तो ठीक न हो तो भी वही बात। कभी बैंच पर तो कभी कुर्सी पर बैठे रहो। भरी दोपहर घर पहुँचो और बच्ची को संभालो। उसके आने पर पति दो-तीन घंटे के लिए बाहर जा पाता। शाम पाँच बजे फिर कोतवाली।

घाणी के बैल-सा जीवन।

आज उसके पास इतनी .फुरसत पहली बार हुई कि उसने ये सब सोचा। यहाँ आने तक रास्ते में उसके दिमाग़ में एक ही कामना थी। वह लड़की के मिलते ही उसे अच्छी तरह धो लेगी। साली के तीन कान के नीचे दूँगी। बाल पकड़कर गोल झूला बनाकर ऐसी जगह लात मारूँगी कि उम्र भर उठते बैठते दर्द नहीं मिटेगा। ख़ुद भागी घर से हमें भी हलकान कर दिया।

उसे पिछले तीन साल की नौकरी में लड़कियों को पीटने के ऐसे बहुत अवसर मिले थे। वे भागी हुई लड़कियाँ बड़ा विरोध करती थीं। जिसके साथ भागकर आती थीं, उससे अधिक आक्रामक हो जातीं। यहाँ तक कि मारपीट पर उतर जातीं। एक बार उसने एक लड़की को थप्पड़ मारा तो वह वहीं बेहोश हो गई थी। उसे एक बात का दुःख होता कि सब लड़कियाँ अक्सर सीधी होती थीं। सीधी माने कोमल मन वाली। वे माँ-बाप के आँसुओं और उनके निवेदनों से पिघल जाती थीं। वे उदास आँखों से अपने प्रेमी के बारे में सोचती थीं। आँसुओं के समंदर के आगे आँसुओं की नदी आत्मसमर्पण कर दिया करती थी।

ऐसी मिली-जुली स्मृतियों में उसने सोचा कि कल क्या वह वाक़ई उसको बहुत मारेगी?

हिना अपनी बहुत छोटी-सी बेटी को दादी के पास छोड़कर आई थी। उसका जी मचल उठा कि काश! वह उससे कभी अलग ही न हो। अपनी बेटी की याद में हिना सोचने लगी कि वह कॉलेज में पढ़ने वाली लड़की है। कैसी होगी? वह अगर अपने घर को छोड़कर भागी है तो ज़रूर उस आदमी से ख़ूब प्यार करती होगी?

हिना ने सोचा कि प्यार क्या होता है? और जो वह करती है, क्या वही प्यार है? जैसे उसका पति आम आदमी जैसा है और उसका प्यार भी आम। ख़ास प्यार क्या होता है? वो जिसकी स्मृति में दुनिया का सबसे सुंदर मक़बरा बना हुआ है। या वो जो रेगिस्तान में लैला का नाम पुकारते हुए दम तोड़ देता है। उसने प्यार जैसी कोई चीज़ जब भी महसूस की

वह वास्तव में मन और तन का सुकून भर था। ऐसे ख़यालों के बीच उसे फिर से घर की याद आई। वह उस लड़की को भूल गई जिसे कल धोना था। उसने अपने दोनों हाथों को पीठ पीछे बाँधकर ज़ोर से नीचे की ओर खींचा। आलस को मरोड़ देने के बाद दरवाज़ा बंद कर कमरे में चली आई।

डायमंड टी इंक बाग़ीचा में अंग्रेज़ साहिबों और हाकिमों का रहवासी मकान था। ये एक सौ साठ साल से भी अधिक पुराना था। दस फ़ीट लंबे-चौड़े बाथरूम देखकर अचरज होता था। दोमंज़िले घर की सीढ़ियाँ जादुई दुनिया में जाते हुए गोल चक्कर-सी थीं। इतनी चौड़ी कि दस आदमी एक साथ बराबर चलते हुए चढ़ जाएँ। दस कमरे, तीन रसोई घर और बहुत बड़ा ढलवाँ पोर्च। आज़ादी से पहले ही मारवाड़ियों ने यहाँ आकर मुनीमगिरी शुरू कर दी थी। वे बहुत वफ़ादार और धंधे के प्रति लगनशील होने के कारण अपनी जड़ें जमाते गए। अब ज़्यादातर चाय बाग़ानों में मारवाड़ी मुनीम थे। वे केयर टेकर से बढ़कर कई बार मालिक जितने अधिकारों का उपयोग करते थे। अच्छी तनख़्वाह थी और इसके अलावा भी उनके पास कुछ और रास्ते थे, जिनसे वे पैसा जमा करते जाते किंतु साल भर एक ही ड्रेस में दिखते। चारों तरफ़ हरियाली और इतनी गहरी कि वह दूर से काली दिखने लगती। दिन उगता था जल्दी लेकिन डूबने में भी ज़्यादा वक़्त नहीं लेता था।

घर से भागकर ऐसी नई दुनिया में आए हुए उसे सात दिन हुए थे। इस समय वह एक ऊँची कुर्सी पर बैठी शीशे में देख रही थी। आईना पुराना था। बीते हुए मौसमों का कोई अक्स साफ़ दिखाई नहीं दे रहा था।

यहाँ तक वह क्यों आई?

जिस दिन सुबह घर से भागी थी, उस दिन से उसके हिस्से में कुछ ही काम हैं। जैसे कि रोज़मर्रा के काम के सिवा खाना-पीना और साथ में सोना। यही प्यार है? ये दस्तक उसे डरा देती है।

विजय के चले जाने के बाद सारा जग सूना हो गया था। उसने गहरी टूटन का अनुभव किया। घर की बेगानी-सी ज़िंदगी और अपनी पसंद

की ज़िंदगी के बीच फ़ासला बढ़ता गया। वह निकट आती जा रही शादी से बचना चाहती थी। कभी उसे लगता कि वह सब कुछ विजय के लिए बचाकर रखने की कोशिश कर रही है। कभी उसे दिखता कि वह ब्याह दी गई है। उसका लल्लू पति सारे दिन बारहवीं की किताबें लिए हुए परीक्षा के बारे में सोच रहा है। उसे खेत में काम करने भेज दिया गया। गायों का गोबर उठाना, बकरियों और भेड़ों के लिए चारा-पानी ले जाना और कच्चे आँगन वाली रसोई में बैठकर बाजरे की रोटियाँ सेंकना। इस पर ये सारा काम हाथ भर घूँघट निकालकर करना। वही घाघरा और वही चोली। सुबह से शाम चार काम में ज़िंदगी बिता देना। इन कामों को न कर सकने के बारे में सोचते ही उसे याद आता कि ये सब काम विजय के साथ होने के दिनों में मन से करना चाहती थी। विजय नहीं तो ये काम भी उसकी नापसंद की सूची में आ गए।

वह उस बारहवीं वाले लल्लू को नापसंद करती थी या वह सिर्फ़ विजय को ही पसंद करती थी। इस सवाल का कोई उत्तर नहीं था। एक उम्र को यूँ अनचाही जगह में कैसे ख़ुशी से बिताया जा सकता है। लेकिन उसके पास कोई रास्ता न था। रजनी पढ़ने के नाम पर सेकेंड क्लास थी किंतु वह घर में एक ख़ास तरह के प्रदर्शन में जुटी रहती थी। सब कहें कि ये बहुत मेहनती और समझदार लड़की है। समझदार होने की कोशिश में लगी इसी रजनी ने उसे मंगल से मिलवाया था। उसने एक दोपहर उसके सूने घर में चुपचाप क़दम न रखा होता तो शायद वह आज यहाँ नहीं होती। बस उस दिन से सब बदल गया।

"मंगल पसंद है तुझको?"

"वो जो गाड़ी लेकर आता है, तेरे घर?"

"हाँ। वह मरता है तुझपर।"

"क्यों?"

"अपनी गृहस्थी में सुखी नहीं है। उसकी बीवी बहुत मूर्ख और गँवार है।"

"कहाँ! वह तो दसवीं पास है!"

''दसवीं से क्या होता है? वह तो यहाँ गाँव से आगे का सोच ही नहीं सकती।''

''ऐसा कैसे होगा कि कोई पत्नी अपने पति के साथ बाहर अच्छे शहर में जाकर न रहना चाहे?''

''ऐसा ही है। वो, उसका बाप उसको भड़काता रहता है, कहीं जाने और जाने देने की ज़रूरत नहीं है।''

''फिर?''

''अब मंगल अपनी पत्नी को छोड़ देगा।''

''कितनी घटिया बात है ये।''

''क्यों घटिया क्या है इसमें, नहीं बनती और नहीं पसंद तो नहीं पसंद।''

''तो मुझे भी कह देगा एक दिन।''

''अरे, तुझसे तो चाहता है।''

''वो क्या जानता है मेरे बारे में? मंगल से कह देना कि मेरे बारे में कभी सोचे भी नहीं।''

वह वहाँ से चली आई थी।

उसे विजय के पास जाना था। वहाँ तक जाने का जो रास्ता था वह उसे पसंद नहीं था। उसे सचमुच समझ नहीं आता था कि उसे चाहिए क्या था? वह तन्हा रोती रहती थी। वह किसी को यह बता भी नहीं सकती थी कि उसकी ज़िंदगी से क्या चला गया है। रात होती तो वह आधी रात को मर जाती थी। दिन होता तो वह सूरजमुखी की तरह उसी ओर देखते हुए काट लेती थी। सुबह अख़बार के रंगीन पन्ने पढ़ती। दोपहर बंद कमरे में कटती। शाम को कुछ देर टीवी देखती और फिर रात होते ही अपने कमरे में जाकर मर जाती। इतना ही मरना आता था उसे कि वह जीती भी रहे और मरी हुई भी।

हर दिन वो दिन नज़दीक आता रहा जब उसे उसी लल्लू के घर जाना था। वो कैसे लल्लू था ये उसे नहीं मालूम। काश! वह उसे एक समझदार और प्रेम करने वाले विजय की तरह सोच पाती। उसकी सोच ठहर गई थी

मगर वक़्त नहीं ठहरा। वह उसकी ओर तेज़ी से सरक रहा था।

उसने एक बार सोचा कि क्या बुरा है अगर पति-पत्नी में नहीं बनती तो उन्हें अलग हो ही जाना चाहिए। मैं भी उससे शादी नहीं करना चाहती हूँ। इसी तरह मंगल भी किसी अनचाहे रिश्ते से छुटकारा चाहता है तो ठीक ही है।

वह उसी दिन से मिलने लगी।

जब भी मौक़ा मिलता वह उसके साथ गाड़ी में बैठ जाती। इस तरह वह निकट आ रही घड़ी से दूर होने का जतन करती। मंगल उसके साथ पिकनिक स्पॉट्स की पार्किंग में दो घंटे बिताता हुआ उसके क़रीब आता-जाता। सब कुछ स्मूथ होता गया। वह बहुत केयरिंग जान पड़ता था और बहुत अग्रेसिव भी। दोनों में मज़ा था। उसे जल्दबाज़ी थी कि पिताजी छुट्टी लेकर आए उससे पहले वह भाग जाए।

कई बार विचार हुआ कि कैसे जाएँगे और कहाँ रहेंगे ? आख़िर तय हुआ कि मंगल अपनी एक गाड़ी को बेचकर जो पैसा मिलेगा, उसे लेकर चलेगा। वह रहने की व्यवस्था कर लेगा फिर नौकरी का क्या है कोई भी उसको मुनीम रख लेगा। यहाँ पार्किंग तक में कोई हमें ढूँढ़ नहीं पाता तो किसी बड़े शहर में कैसे संभव होगा। ऐसे विचारों और योजना की ज़मीन पर आख़िर एक सुबह छः बजे वह घर से निकली थी और तीन घंटे में ही पास के शहर पहुँच गई। वहीं मंगल ने उसे लिया और वे सीधे एयरपोर्ट पहुँचे।

वे जिस जिस शहर पहुँचे वहाँ कोई बात न बनी। इसके बाद लगातार घूमते रहने का सिलसिला चल पड़ा। उसने शहरों के बड़े शो रूम देखे। मेट्रो गाड़ियाँ देखीं। बाग़ीचे देखे। भीड़ देखी। इन सब के बीच पीछे छूटे हुए अपने क़स्बे के किसी जान-पहचान वाले को देखा और डरकर मंगल के पीछे छिपती रही। कोई-न-कोई जानी-पहचानी शक्ल का कहीं-न-कहीं दिख जाता था। उसके मन में वहम था कि सब उसी का पीछा कर रहे थे। इसी लुका-छिपी में उसने तय किया कि ज़्यादा-से-ज़्यादा क्या होगा ? वह विजय की तरह मर जाएगी और मंगल अपनी बीवी के पास

लौट जाएगा।

पापा को मुझसे प्यार होता तो थप्पड़ थोड़े ही मारते। मेरी बात को सुनते। क्या समाज सिर्फ़ चाचा, ताऊ और रिश्तेदारों से ही बनता है? समाज में बेटियों और पत्नियों के लिए कोई जगह नहीं होती? इसी ग़ुस्से में उसने सब भुला दिया। इसके बाद वह अपने लिए बढ़िया से बढ़िया कपड़े ख़रीदती गई। जिन ब्रांड्स को वह टीवी में देखती थी वे सब उसके सामने सजे हुए थे। वह हर बार उन ब्रांड्स को देखते हुए गायों के गोबर को याद करती और लगता कि घर से भागकर सही किया। वह फिर से चमचमाते फ़र्श को देखती और ससुराल के आँगन और उसमें रखी बुहारी को सोचती फिर से लगता कि ठीक किया है। इस तरह वह ख़ुश थी। इसी ख़ुशी में वे घूमते हुए असम पहुँचे। मंगल का कहना था कि वह नई नौकरी खोजने में समय लगाए, इससे अच्छा है कि मामा के यहाँ जगह है। वहीं काम किया जाए। उसके मामा इसी टी गार्डन में पिछले तीस साल से थे।

वह आईने के सामने जिस कुर्सी पर बैठी थी, उसके पीछे डबल बेड था। लंबे-चौड़े कमरे में दस खिड़कियाँ थीं। उन पर भारी पर्दे टँगे हुए थे। दीवारों में वही उदासी का रंग था, जो विजय के चले जाने के बाद उसकी ज़िंदगी में खिल गया था। उसने महसूस किया कि कंधों पर हथेलियाँ हैं। धीरे से उसने काँच में छाई विगत की धुँधली परछाईं को हटाया और देखा। पीछे मंगल खड़ा था। नशे से बुझती जा रही आँखों से उसे देखता हुआ। उसने उसे कुर्सी से उठने न दिया। अपने हाथों को आगे बढ़ाया। वह सिमटती गई। दोनों के बीच के इस प्यार में एक अनचिन्हे अपराध की भी ख़ुशबू थी, जो उसे और अधिक मादक बनाती थी। एक अपराध वो जो विजय के साथ सोचा था, बड़ा पवित्र लगता था। इस अपराध को करते हुए अपराधी-सा लगने लगा था।

उसने बिस्तर की सलवटों में खोई हुई जो कुछ भी सोचा, उदासी में ढल गया।

वह निषेध की रेखा को पार कर चुकी थी। उसके सामने आश्वस्त

करने वाला एक सपना था कि वह यहीं रहेगी। विजय जिस तरह उससे दूर गया, वह भी उससे दूर चली आई। अब वह कभी रोएगी नहीं। अब वह कभी भी दीवार का सहारा लेकर खड़ी नहीं होगी। खड़ी हुई तो ख़ुद को ज़मीन पर कभी गिरने नहीं देगी। वह इस ज़िंदगी को बिताएगी। कुछ इस तरह कि कोई था ही नहीं।

सुबह सपना टूट गया।

वे दस-बारह पुलिस वाले उनको स्थानीय पुलिस कार्यालय में ले आए। हिना ने उसे बिल्कुल भी नहीं पीटा। बस हाथ पकड़कर अपने साथ खींच लाई। मंगल को कांस्टेबलों ने थोड़ा-सा हल्का किया और ज़्यादा कब किया जाएगा यह बता दिया था। शाम होते-होते सब तय हो गया। पुलिस वालों को मामा जी की इतनी ही ज़रूरत थी कि वे उनके आने-जाने और होटल का बिल दे दें। पुलिस महकमा आने-जाने का टीए और डीए तब देता जब सिपाही रिटायर होकर देवलोक जा चुका हो। इसलिए मामा जी ने होटल का बिल और आने-जाने का ख़र्च दे दिया। सबको तीन-तीन किलो चाय की पत्तियाँ भी दी, जिन्हें सिर्फ़ देसी-बिदेसी अंग्रेज़ी ही पीने का सौभाग्य रखते। रात का खाना भी दिया। चाय बाग़ानों की सैर करवाई। मंदिरों में दर्शन करवाए और जाने से पहले थानेदार को हाथ जोड़कर कहा- "साहब नादानी हो गई है, बच्चों पर मेहरबानी रखना।"

ट्रेन के छूटने से पहले एसी कोच में खिड़कियों के पास दोनों को आमने-सामने दबा दिया। एक पुलिस वाले ने पूछा- "क्यों रे मंगल, इसके चिपके बिना सफ़र कट जाएगा या..." हिना का मुँह कैसेला हो गया। उसने लड़की की ओर देखा। लड़की सर झुकाए हुए बैठी थी। बस इसी तरह सफ़र कटना था।

आख़िर भागना लौटा लाए जाने में बदल गया।

कोतवाली के एक कमरे की खिड़की से बाहर नीम के घने पेड़ की छाँव दिखती थी। उसी छाँव से भीगकर कोई झोंका आता। वह अपने कॉलर को थोड़ी देर तक उड़ता हुआ महसूस करती फिर कॉलर कंधे पर

थपकी-सा देता हुआ शांत हो जाता। उसे एक चारपाई पर बिठाया गया था। जिस पर बिछी दरी के ठीक बीच में पुलिस महकमे का निशान बना हुआ था। रौशनी के लिए लगी हुई एक ट्यूब लाइट आँख-मिचौली के बाद भी किसी तरह का उजास न कर पाने के अवसाद में शांत हो जाती थी। मकड़ियों के जाले, पानी की मटकी, कोने में कील पर टँगी हुई एक बदरंग टोपी, उस कमरे में बस इतनी ही प्रॉपर्टी थी। वह फिर से अपने ही शहर में थी। विजय के छू लेने से कुछ क़दम की दूरी पर।

सफ़र के बीच के तीन दिनों में मंगल पुलिस वालों से घुल-मिल गया था। उसने सौदा तय कर लिया था। वह जो कुछ चाहता था, उसकी एक फ़ीस थी। उसने फ़ीस चुकाने की हामी भर ली थी। उसने एक कांस्टेबल के फ़ोन से मनी-मैटर को सॉल्व कर लिया था। वही मनी जिससे दुनिया के सब कारोबार चलते। सुबह जब वे यहाँ कोतवाली पहुँचे तभी से उसे अलग कमरे में रखा गया।

सफ़र के दौरान हिना ने उससे सिर्फ़ परिवार के बारे में बातें की थीं। उन बातों का उत्तर देते हुए उसके भीतर कुछ टूटते जाने की आवाज़ें आती रहती थीं। उसे अचरज होता कि क्या किसी के जाने के बाद भी हमारे भीतर कुछ बचा रहता है? क्या एक महबूब भर जितनी ही दुनिया नहीं होती? वह सुबह से इस कमरे में अकेली थी और तय था कि शाम चार बजे उसे कोर्ट में पेश किया जाएगा।

कोतवाली में कानाफूसियों का मजमा लगा हुआ था। उसके परिजनों की भीड़ थी। मंगल के दोस्त और चाचा थे और उनमें एक और आदमी भी था। वह सुबह से सबसे अलग अकेला खड़ा था। उसके साथ कोई नहीं आया था। अपने कंधे पर सूती कपड़ा रखे हुए था, ऐसा कपड़ा अक्सर ग़रीब दिहाड़ी मज़दूर रखा करते। भूरे रंग की पैंट और धुँधले सफ़ेद रंग की क़मीज़ वाला वह आदमी मंगल का ससुर था। इन सब लोगों को पुलिस वालों ने ही बुलाया था ताकि लड़के-लड़की को समझाया जा सके। वे जो समझा सकें उनकी हैसियत बाक़ी फ़ैसला कोर्ट में ही होगा।

वह चारपाई पर सारे जीवन से निराश होकर बैठी हुई थी तभी उसकी

माँ और एक नज़दीक के रिश्ते की भाभी उस कमरे में दाख़िल हुईं। वह बैठी रही। उसे समझ ही नहीं आया कि क्या करे? उसने देखा कि माँ ने आकर तुरंत उसको अपनी बाँहों में भर लिया। उसने इसकी कोई तैयारी न की थी। उसने सोचा ही नहीं था कि माँ इस तरह से बाँहों में भर लेगी। वह बस यही ख़याल कर रही थी कि कमरे में आते ही वह उसी तरह उसे मारेगी, जैसे बचपन में स्कूल न जाने पर पीटते हुए उसे स्कूल छोड़कर आती थी। वह समाज के रीति-रिवाज के स्कूल से भाग चुकी थी इसलिए ऐसा ही होना चाहिए था।

वे माँ-बेटी आहिस्ता से अलग हो गए। भाभी चिपककर पास बैठ गई। उसका बैठना कुछ ऐसा था जैसे शोक जताने पर कोई थककर बैठता हो। शब्द नहीं थे मगर बातें तैर रही थीं। जैसे उसे देखते हुए माँ कह रही हो कि ये क्या पागलपन किया? वह उत्तर देती- ''मेरी सुनता कौन था और आप पिताजी से डरती थीं।'' बिना कुछ बोले ही उसकी माँ फिर पूछती- ''ये क्या हाल बना रखा है?'' वह नज़रें नीचे कर लेती तो दोनों की बातें बंद हो जाती।

दो पल बाद भाभी ने बाँह पकड़ी और बोली- ''घर में किसी को तुमसे कोई शिकायत नहीं है, पिताजी को भी मना लिया है। कोई तुमको कुछ नहीं कहेगा। जो ग़लती हुई उसे भूल जाओ और चलो हमारे साथ।'' वह उत्तर नहीं देती।

भाभी फिर आश्वस्त करते हुए कहती- ''वकील से बात हो गई है, वह कहता है बता देंगे मामा के पास गई थी।'' भाभी थोड़ा हिचकिचाते हुए कहती- ''चलो कुछ भी कहना मगर बताना कि मुझे मेरे घर जाना है, माँ और पिताजी के साथ। बाक़ी जो होगा वह बाद में देखेंगे। तू जहाँ कहेगी वहाँ तुझे भेजेंगे। कोई ज़बरदस्ती नहीं होगी।''

वह फिर भी कोई उत्तर नहीं देती। माँ रोने लगी। हिचकियाँ भरते हुए कहा- ''आज मैं तेरे हाथ जोड़ती हूँ। तेरे बाप के लिए घर चली आ। तेरा बाप रोता नहीं मगर तेरे लिए मरता जा रहा है।''

उसे लगा कि अब माँ कई सारी सौगंध देगी मगर माँ ने कोई सौगंध

न दी। चुप होकर मुँह देखती रही। वह कुछ नहीं बोली। भाभी ने फिर से पीठ पर हाथ फेरा– ''हमसे ही डर है तो फिर तेरा अपना कौन है?'' उसने सिर झुका लिया। भाभी ने फिर से उसके मुँह को पकड़कर अपनी ओर करते हुए कहा– ''कुछ बोल। चाची की तरफ़ देख।'' वह नहीं देखती।

आधे घंटे बाद एक कांस्टेबल आई– ''माँ जी, बहुत हुआ अब चलो।''

वे तीनों चुप। थोड़ी देर बाद भाभी फिर बोली– ''तुझे क्या चाहिए? हमें भी बता।'' कुछ उत्तर नहीं मिलता।

वे जा चुकी थीं। मंगल का ससुर दरवाज़े के बाहर खड़ा हुआ था। अपनी आँखें पोंछता हुआ, हाथों को जोड़े बाहर ही खड़ा रहा। ''तुम भी मेरी बेटी जैसी हो। उसके भाग अब तुमसे जुड़ गए हैं, पंद्रह दिन से सोई नहीं है। जब से मालूम हुआ कि मंगल उसे छोड़ गया है, उसके लिए उम्र भर की सज़ा है। उसकी कोई ग़लती नहीं। दो बच्चे और घर। आगे पूरा जीवन अकेले। तुम ज़रा सोचना मेरी बेटी के बारे में। जो पिछले छः साल से जिसे घर मान रही है, वह पराया न हो जाए।'' इतना कहते हुए बिना किसी जवाब की प्रतीक्षा किए वह बुज़ुर्ग जो कहीं से उसे अपने पिता सरीखा दिखा, चल दिए।

बाहर आहटें थीं। क़दमों की, बातों की और गाड़ियों की। कमरे में हिना आई– ''तूने कुछ खाया?'' उसने ना में सर हिलाया। ''किसी ने पूछा नहीं?'' वह चुप रही। ''तू खाएगी कुछ...?'' उसने नहीं बोला। हिना के मन ने कहा, वह आज कुछ नहीं खाएगी। इसलिए बाहर चली गई। कुछ ही देर में एक अधेड़ उम्र की महिला पुलिसवाली अंदर दाख़िल हुई। उसके व्यवहार से लगा कि ये उसका ही कमरा था। आते ही हाथ पकड़कर खींचा और उसे खड़ा कर दिया। फिर दूसरी तरफ़ अपने सामने चारपाई पर बिठाते हुए उसने टिफ़िन खोला। एक रोटी से सब्ज़ी लगाकर जबरन मुँह में ठूँस दिया। ख़ुद से बातें करने लगी– ''साथ सोएगी, बच्चे पैदा करेगी, खाना बनाएगी, झाड़ू लगाएगी, नौकरी करेगी, घर चलाएगी। एक मुसाफ़िर अपनी मर्ज़ी से आएगा। कभी आधी रात, कभी कई-कई

दिनों तक भी नहीं। हम ये सब सह लेंगी पर खाना नहीं माँगेंगी।'' एक बार फिर से मुँह में रोटी ठूँस दिया। वह पनियल आँखों से देखती हुई मुँह पर हाथ रखे अचरज से उसे देखती रही।

''तो क्या सोचा तूने...? इसी भड़वे के साथ रहेगी जो तेरे लिए अपनी बीवी को छोड़ आया?'' रोटी का एक टुकड़ा अपने मुँह में रखा और कहा- ''या फिर इसके साथ रहकर धंधा करेगी?'' श्रुति के मुँह से रोटी का टुकड़ा बाहर आने को ही था। अधेड़ उम्र की उस पुलिसवाली ने दयनीय मुँह बनाया- ''इसका ससुरा बेचारा रोता था कि जँवाई धमकाता है। पाँच लाख रुपये दो नहीं तो लड़कियाँ बहुत है मेरे पास... एक बाबू बिचारा क्या करेगा कहाँ से लाएगा। मगर तू मिली ना उसे!''

ये कहकर उसने अपने हाथ की रोटी का टुकड़ा ख़ुद के मुँह में रख लिया। फिर रुककर पूछा- ''और खाना है?'' वह बोली नहीं। उसने टिफ़िन बंद किया। ''मेरी बात सुन। वो ज़्यादा-से-ज़्यादा दो साल तुझको प्यार करने का ड्रामा करेगा। फिर लात लगाएगा। दो बच्चे तेरी गोद में डालकर कहेगा कि चल अपना काम कर।'' वह टिफ़िन लेकर चली गई।

दिन के तीन बज गए। सिपाही मंगल को लेकर आए। उसने अंदर आते ही अधिकारपूर्वक उसे अपनी बाँहों में लिया- ''घबरा मत। मैं सब सही कर दूँगा। हम साथ ही रहेंगे।'' उसने उसे चूमा। सिपाही मुँह फेरे खड़े रहे। वह कुछ नहीं बोली। मंगल ने चलते हुए उसकी ओर देखा। वह चुप खड़ी रही।

सरकरी जीप में लड़की को न्यायाधिकारी के सामने पेश करने को लाये जाते समय कचहरी में पढ़े-लिखे लोग भी बच्चों के समूह में बदल जाते। ऐसे बच्चे जो बंदर को देखकर उसके पीछे भागते जाएँ। सबके चेहरे पर ग़ज़ब की उत्सुकता, ग़ज़ब की राय और मशवरे, ग़ज़ब के आँकलन। लड़की भोली है। बेचारी को फाँस लिया या कि लड़की के कपड़े देखो। जींस और टी शर्ट।

बड़ा ही कौतुहल भरा मंज़र था। एक वकील और उसके साथ

पिताजी और भाई तेज़ क़दम आए। वकील ने पुलिस वालों के साथ चलते हुए बताया कि क्या कहना है। पिताजी के चेहरे पर असमंजस भरी गहरी निराशा थी। वे बिखर गए थे। उनके कपड़ों ने उनको जोड़ कर रखा हुआ था। उनकी बेरंग दाढ़ी ने कुछ आँसुओं को टपकने से बचा रखा था। उनमें एक हताशा भी थी। पिताजी इस दुनिया के आस-पास मंडरा रहे किसी क्षुद्र ग्रह की तरह थे। वे इस दुनिया से टकराकर कभी भी नष्ट हो जाने के शाप से बँधे थे।

मुंशी अपने लाल बस्तों को मज़बूती से थाम हुए चल रहे थे। एक दुनिया स्लो मोशन में आगे बढ़ रही थी।

न्यायालय के उस कक्ष के भीतर जो कुछ भी हुआ वह एक अनुमान भर है या कल्पना मात्र।

थानेदार ने गुमशुदगी और बरामदगी की रिपोर्ट सहित फ़ाइल पेश की। भरे हुए चेहरे वाली महिला न्यायाधिकारी ने एक आँख उठाकर रीडर को देखा। वह एक बड़ा-सा रजिस्टर लिए बैठा था और पेशी तारीख़ें दर्ज कर रहा था। पाँच मिनट तक सर्च वारंट से लेकर पास के शहर के बस स्टैंड पर घूमते हुए पाए जाने और न्यायालय के समक्ष पेश किए जाने तक का विवरण पढ़ा।

"क्या नाम है तुम्हारा?"

उसने सिर ऊपर किया और कहा- "श्रुति सिंह चौधरी"

"कहाँ गई थी घर से?"

वह चुप रही और नज़रें भी झुका ली। उसकी चुप्पी को देखकर न्यायाधिकारी उठी। उसे उठता देखकर थानेदार अपनी क़िस्मत को कोसने लगा कि इसके ही कोर्ट में आना था। कितनी ख़ब्ती औरत है। न्यायाधिकारी ने अपने आसन के मंच से नीचे हाथ बढ़ाया और कहा- "मेरे पास आओ।"

सारे किए-कराये पर पानी फिरने को ही था। वह धीरे से हाथ पकड़े बिना दो फ़ीट ऊँचे न्यायाधिकारी के आसन तक पहुँच गई। एक चपरासी ने कुर्सी रख दिया। अपने पास बिठाकर पूछा- "घबराओ नहीं। बताओ

क्या हुआ ?''

वह आशु भाषण में भाग ले रही छात्रा की तरह दो मिनट में बिना रुके सारी बातें बता देना चाहती थी। वह बोलती गई, अपने परिवार, रिश्तेदारों और अपने भागने के क़िस्से के बारे में और मंगल के बारे में। वह बोलती गई रजनी के बारे में, सबके बारे में। उसने कहा मैं सब को थोड़ा-थोड़ा जानती हूँ लेकिन एक ही चीज़ समझ नहीं आई ?

न्यायाधिकारी को देखते हुए अपनी जींस की जेब से एक पन्ना निकाला और पढ़ने लगी। पढ़ी नहीं, गाने लगी।

''आसमाँ भूल जाएगा झुकना, तो समझना मैं खो गया हूँ। हवाओं में न घुले हों साज़, तो समझना मैं सो गया हूँ। नदी पार खारे समंदर मिलेंगे, कुछ साए भी सायों के अंदर मिलेंगे, मिलेंगी कौड़ियाँ तुमको बिखरी-बिखरी, कुछ काली-भूरी, सफ़ेद और चिकनी, भरी होगी उनमें बीते दिनों की जवानी। उनसे आगे एक दश्त मिलेगा और वहीं मिलेगी तुमको गहरी वीरानी, समझना कि मैं खो गया हूँ। दश्त की वीरानियों में सो गया हूँ।''

सब चुप और ख़ामोश। चुप्पी को तोड़ते हुए न्यायाधिकारी ने पूछा- ''ये किसने लिखा है ?'' एक डूबी हुई आवाज़ आई। जिसे शायद कहने वाला ही सुन पाया था। लड़की रो रही थी। न्यायाधिकारी ने कहा- ''तुम एक बालिग लड़की हो। अपना भला-बुरा समझकर कहो कि किसके साथ जाना है।''

उसने रुँधे हुए गले से कहा- ''विजय के साथ।'' सब एक-दूसरे का मुँह देखने लगे। ये विजय कौन है ?

सीमेंट के भूरे काले फ़र्श पर कुछ आँसू गिरे हुए थे। कचहरी के इस कमरे के भीतर अँधेरा था और खिड़की से रोशनी आ रही थी। श्रुति सिंह चौधरी ने देखा कि खिड़की पर लगी जाली में एक भँवरा मँडरा रहा है, बाहर जाने का रास्ता तलाशता हुआ।